MW01428006

10
18
12, AVENUE D'ITALIE. PARIS XIIIe

Sur l'auteur

Kazushige Abe est né en 1968. Ancien chanteur de rock, il est diplômé de l'École de cinéma de Tokyo. En 2004, il a obtenu le prix Akutagawa pour son livre *Grand Finale*.

KAZUSHIGE ABE

PROJECTION PRIVÉE

Traduit du japonais
par Jacques LÉVY

10
18

« Domaine étranger »

dirigé par Jean-Claude Zylberstein

ACTES SUD

Titre original :
Indibijuaru Purojekushon
Editeur original : Shincho-Sha Co., Ltd., Tokyo

ISBN 2-264-04046-7

La bataille se joue dans les cinq dernières minutes.

NAPOLÉON BONAPARTE

15 mai (dimanche)

Quand il eut ses trente-trois ans, Julio composa une chanson qu'il intitula *Mes trente-trois ans* :

"Entre la nostalgie et une autre nostalgie, Entre ma vie et la tienne, Entre la nuit et l'aube, S'en vont les jours, Qui ne se souvient de cet âge, Quand nous avions atteint nos seize ans, Et que nous voulions avoir, Quelques années de plus, Qui ne désire, Cacher un peu le temps d'hier, Quand il découvre sur la peau les premières rides, Rien que trente-trois ans, Et pourtant la moitié de la vie, Trente-trois ans qui s'en vont, Si vite, Trente-trois ans à aimer, Qui le voulait, Trente-trois ans comme toi, Qui l'eût soupçonné."

Je l'écoute en ce moment même. Des paroles parfaitement banales. Il n'empêche que la chanson me plaît. Et même, parmi toutes celles de Julio, que je trouve toutes formidables, celle-ci m'emballe tout particulièrement. Pas la peine d'aller en lire la traduction pour comprendre qu'il s'agit d'un morceau affreusement sentimental : la voix suave de Julio et les sonorités de l'espagnol vous transportent immédiatement. Je suis sujet à de fréquentes migraines et quand je l'écoute alors que j'ai mal à la tête, je me sens exalté à mort. Bien que migraineux, je ne suis pas insomniaque. J'ai le sommeil facile. Je suis capable de m'assoupir n'importe quand, où que je sois. Comme de me réveiller aussi sec. Il me suffit de m'endormir pour ne plus avoir mal à la tête. Pas besoin donc de médicaments. C'est à force d'entraînement que j'y suis arrivé. Ce mal est d'ailleurs probablement héréditaire, vu que mon père en souffre aussi. Auquel cas, il aura été presque complètement surmonté arrivé à ma génération. Grâce à l'entraînement.

Si je me suis mis à écouter les chansons de Julio avec tant de délectation, c'est parce que l'amie avec qui je sortais à l'époque où j'étais étudiant m'avait offert pour mon anniversaire un disque compact de ses plus grands succès. Elle m'avait tendu le petit sac plastique qui contenait le disque en précisant que ce chanteur était né le même jour que moi. Depuis, chaque fois que nous nous voyions, nous faisions l'amour en l'écoutant, c'était devenu presque une habitude. Si bien que, comme par réflexe conditionné, j'obtiens une érection dès que j'entends se répandre un air de Julio. Tout particulièrement quand il s'agit de *Mes trente-trois ans* : j'en viens à me sentir excité même d'instinct. Je me suis séparé de cette amie tout de suite après la fin de mes études, mais mon corps, plusieurs années après, réagit toujours avec la même vigueur à l'écoute de cette musique. Et pour soulager ce désir, il n'y a de recours que le sexe ou la violence. Dormir, dans ces circonstances, n'est pas une solution. Puisque, naturellement, à mon réveil, mon corps aussi se réveille.

Il y a au fait dans *Mes trente-trois ans* un passage assez sombre : "Qui ne désire, Cacher un peu le temps d'hier, Quand il découvre sur la peau les premières rides." Voici comment je l'interprète : celui qui "découvre sur la peau les premières rides", "le temps d'hier" lui revient sous la forme d'un effet oppressant, et l'entrave dans son action. Par conséquent, tout un chacun ne peut s'empêcher de vouloir "cacher un peu" son passé quand surgissent le doute et l'hésitation alors qu'il faut aller de l'avant. L'introspection provoquée par le souvenir du "temps d'hier" peut parfois, bien sûr, agir de façon bénéfique mais elle peut aussi avoir l'inconvénient d'entraîner une passivité excessive. D'ici quelques années, j'atteindrai à mon tour mes trente-trois ans. Il se peut que, dans mon cas aussi, le "temps d'hier" soit dès à présent en train de se rapprocher sous une forme oppressante.

18 mai (mercredi)

Je me suis fait accoster devant la droguerie Pretty Nishimura par une inconnue tandis qu'à l'heure de pause je me dirigeais vers la librairie en empruntant la centrale*. Elle menait une enquête sur des publicités et me promit en échange un bon de librairie, aussi acceptai-je. Elle m'a conduit dans une pièce de la salle

* Traduction adoptée ici pour *centergai*, rue piétonnière au centre de Shibuya. (Toutes les notes sont du traducteur.)

Manyô et, après m'avoir interrogé sur mon âge, ma profession et mes revues favorites, m'a montré plusieurs films et posters publicitaires d'une marque de cigarettes en me priant de faire part de mes impressions. Je lui ai répondu que je les trouvais tous quelconques. Elle m'a demandé si c'était tout ce que j'en pensais et je lui ai répondu que oui, c'était tout ce que j'en pensais. Je l'ai vue alors prendre un air si déçu que je me suis senti obligé d'ajouter que je les trouvais néanmoins un peu provocants. Elle a paru cette fois satisfaite et, avec un grand sourire, a déclaré l'enquête terminée. J'ai ainsi réussi à me procurer un bon de librairie pour une valeur de mille yens.

De retour de la librairie, alors que je passais à nouveau par la centrale, j'ai vu une autre femme intercepter les passants. Elles étaient plusieurs tout à l'heure, mais maintenant il n'y en avait plus qu'une seule. Sa tenue était plus distinguée que celle de la précédente. Je me suis approché d'elle dans l'espoir d'obtenir un autre bon. Ce n'était pas une enquêtrice. Elle se contentait de distribuer des prospectus. Dans ces conditions, je ne pouvais espérer obtenir un bon à nouveau. J'avais cru la voir adresser la parole à un passant mais ce n'était pas certain. Elle devait se tenir simplement là, debout, avec ses prospectus. Je lui ai tendu la main pour en recevoir un. Il s'agissait d'un papier publicitaire annonçant la réouverture d'un salon de beauté après sa remise à neuf. Mais ce n'était pas tout. Ce salon s'était, paraît-il, doté d'un "équipement explosif". Bien embêtant, ça, un "équipement explosif". Impossible que Muranaka et sa bande ne soient pas en train de courir après. Mais où Masaki a-t-il bien pu la planquer, la boule plastique ?

21 mai (samedi)

Il y avait dans le journal, aujourd'hui encore, un article sur quelqu'un qui s'est tué. La "vogue des suicides" semble devoir, comme à l'accoutumée, se poursuivre dans ce pays. Ce qui n'empêche pas que l'on tombe aussi tous les jours sur des articles qui parlent de gens qui se sont fait tuer alors qu'ils n'avaient pas spécialement envie de mourir. On est frappé, parmi ces meurtres, par le nombre de ceux dus à des maniaques. Dans mon quartier aussi, un nécrophile se serait fait arrêter il y a un mois. Il pouvait, selon le dire du caissier du libre-service à côté de chez moi, assouvir ses désirs autant avec un homme qu'avec une femme pourvu qu'il eût affaire à un mort ; au moment où la police pénétrait dans son domicile, il aurait été en train de sucer le gland et les testicules fraîchement sectionnés d'un cadavre en se les roulant dans sa bouche tout enflée. S'en fourrer comme ça trois boules dans la bouche, m'avait-il dit, trouvez pas que c'est un sacré gourmand ? Remarquez, ajoutait-il en pointant du doigt son entrejambe, c'est que ça doit être rudement bon, quand on voit comment certaines nanas vous les bouffent aussitôt qu'on les leur sert. Cet amateur de ragots est lui-même un fétichiste invétéré des jambes. Il ne s'en cache d'ailleurs pas. Chaque fois que je vais y faire mes achats, il me parle d'un air réjoui de la propriétaire de jambes merveilleuses qui s'est rendue dans son magasin ce jour-là. Comme il me soupçonnait d'avoir moi aussi des penchants dans ce goût, je lui ai dit que, ces temps-ci, je donnais dans le voyeurisme. Toujours est-il que, selon les journaux, la criminalité et le chômage ne cessent de croître, que déjà l'été s'annonce froid et que les agriculteurs sont complètement découragés. Les politiciens n'arrêtent pas de commettre des bourdes diplomatiques et gagnent l'hostilité du monde entier. Sans doute tout cela va-t-il se solder par une guerre. Sur les écrans de cinéma, les monstres s'en donnent à cœur joie. Bref, il ne se passe que des choses inquiétantes.

26 mai (jeudi)

Quelle bêtise j'ai faite aujourd'hui. Hirasawa, un petit jeune qui travaille chez nous, est venu me dire qu'il partait prendre sa revanche sur des types qui l'avaient amoché il y a une semaine et je me suis senti obligé de l'escorter. Vendredi dernier, de retour du boulot, tandis qu'il empruntait la ruelle en bordure du bâtiment A des grands magasins Seibu, qui de la rue Inokashira débouche sur la centrale, il se serait fait brusquement entourer par une bande de lycéens sortant d'une salle de jeux électroniques, et méchamment tabasser. Effectivement, quand je l'ai aperçu à mon travail ce lundi, il avait le visage couvert de bleus. Hirasawa est un étudiant qui vient cette année de monter de sa province. Il prétend avoir été du temps du lycée une petite frappe qui avait ses entrées dans la localité. Mais je suis persuadé qu'il n'avait vraiment pas de quoi pavoiser et qu'en réalité, il n'était pas grand-chose. Ce garçon, donc, quelques mois à peine après avoir débarqué à Tokyo, se fait traiter comme un moins que rien par des lycéens, certes en nombre mais plus jeunes que lui. Par-dessus le marché, il se fait soulager de son portefeuille qui contenait cinquante mille yens et diverses cartes, et aussi de son blouson en jean 507XX qu'il venait de s'offrir à crédit. De quoi se sentir profondément humilié, et parfaitement en rage. Or, aujourd'hui, sorti faire les courses pour le repas du soir après le démarrage de la dernière projection, il aurait vu par hasard l'un des lycéens en question entrer avec son blouson dans la même salle de jeux. En jetant un coup d'œil à l'intérieur, il aurait constaté que ses camarades n'y étaient pas et se serait dit que c'était l'occasion rêvée de se venger. Voilà en gros ce qu'il me raconta.

— Qu'est-ce que vous en pensez, monsieur Onuma ? Vous croyez qu'il n'y a pas de quoi être en pétard ? Se faire bastonner par ces morveux, et en plus chourer son portefeuille et son blouson... Est-ce que je mérite ça, franchement ? Même qu'hier encore, je n'osais pas me montrer devant les potes de la fac, tellement j'avais honte. Faut leur rendre la pareille. Ça va de soi, vous êtes bien d'accord.

A quoi je répondis :

— Oh, fais ce que bon te semble. Seulement, une fois qu'on a mis le doigt dans ce genre d'engrenage, c'est sans issue. Tu vas peut-être te retrouver obligé, aussi longtemps que tu vivras en ville, de remettre ça indéfiniment, jusqu'à ta mort. Rien ne dit que ça en restera là. Et va savoir ce qui peut surgir en cours de route. T'es vraiment sûr qu'ils portaient des uniformes de lycéens ? Là-bas, tu avais peut-être une ou deux connaissances dans le milieu, mais ici tu n'es qu'un petit étudiant de rien du tout. Je te conseille de te tenir à carreau si, comme qui dirait, tu ne veux pas finir au fond de la baie de Tokyo.

Je voulus dans un premier temps, en bon aîné, réfréner sa hâte en exagérant quelque peu les risques qu'il était supposé encourir. Mais, comme je m'y attendais, l'appel paternaliste à la prudence n'eut aucun effet sur Hirasawa qui, de caractère plutôt soupe au lait, se laissait facilement emballer.

— Dites, monsieur Onuma, il n'y a quand même pas à baisser son froc devant ces petits merdeux. Je n'aime pas ça, quand vous dites qu'il faut éviter les ennuis. On doit réagir, sinon on se sent mal dans sa peau. C'est quand même rageant de les voir se foutre de votre gueule, non ? Ça ne vous fait rien, vous, monsieur Onuma ? On s'en fout de qui il y a derrière, on en a vu d'autres. On n'est plus capable de rien quand on est trop méfiant.

Le voilà qui est bien remonté, me disais-je, mais qu'est-ce qu'il me veut depuis tout à l'heure avec ses salades ? Sans doute me mêler à son plan de vengeance, étant donné que l'adversaire n'est plus forcément seul… C'est bien sûr pour cela qu'il me tanne depuis un moment en essayant de me faire partager sa colère. Un peu gros, mon petit gars, tu ne me feras pas marcher avec un numéro aussi simplet. J'ai de l'entraînement, figure-toi. D'un autre côté, songeai-je, il y a si longtemps que je ne me suis pas battu pour de bon, ça ne me fera pas de mal de me dégourdir un peu. Après tout, on n'y verra que du feu dans cette situation. Un petit coup de main, je peux bien me le permettre. Si l'adversaire est seul, je n'aurai qu'à évaluer tranquillement la capacité de combat de Hirasawa. Surtout qu'aujourd'hui, j'ai écouté la chanson de Julio avant de sortir de chez moi. Je dois apaiser par une autre excitation l'excitation qu'elle m'a procurée…

Le travail terminé, nous nous sommes dirigés vers la fameuse salle de jeux. Nous n'avions pas de séance tardive à assurer ce soir-là, aussi ne s'était-il encore écoulé que peu de temps depuis le moment où Hirasawa avait aperçu le garçon sur qui il voulait prendre sa revanche et nous avions de bonnes chances de l'y retrouver. Je lui remis deux piles que j'avais sorties de la salle de projection. Qu'est-ce que c'est ? me demanda-t-il. Tu piges pas ? lui dis-je et, comme il faisait non de la tête, je lui expliquai qu'en les serrant dans les poings, il redoublait la puissance de ses coups. Ah oui, je vois, opina-t-il, faisant mine de se rappeler quelque bon vieux souvenir.

Je me remémorais mes années de collège pendant que nous marchions dans la rue du Parc. Les bagarres que nous nous rendions entre voyous, chacun se déplaçant à son tour du côté de l'établissement ennemi. Une sorte de convention, un stéréotype en somme, que nous ne nous lassions pas de répéter. On ne pouvait s'en empêcher. Au fond, cela continue encore, un peu partout et sous toutes les formes. Si les jeux vidéo de combat corps à corps se vendent si bien, c'est bien parce que tout un chacun couve en soi un désir de violence. La remarque est assurément banale mais il n'en est pas moins certain qu'un nombre considérable de gens sont fascinés par la violence. Puisque moi-même, dix ans après le collège, je persiste à reprendre ce stupide stéréotype.

Comme on pouvait s'y attendre, le nombre des lycéens avait augmenté. Mais cela ne posait pas de problème puisqu'ils n'étaient encore jamais que trois. Deux en uniforme en plus de celui qui portait le blouson volé. Je leur touchai deux mots pour les entraîner dehors. A la vue de Hirasawa, ils comprirent aussitôt de quoi il retournait. Ils semblaient tous prêts à se battre sur-le-champ mais, songeant que mieux valait ne pas se faire remarquer sur ces lieux, je les invitai à se rendre au parc Miyashita. Quelqu'un lança un appel derrière nous au moment où nous nous apprêtions tous les cinq à gagner la rue Inokashira. Un autre lycéen qui sortait d'un fast-food, un hamburger et un shake à la main, vint se joindre à l'ennemi. Deux contre quatre, donc. Ce qui n'était, bien sûr, pas plus un problème.

Mais le problème ne tarda pas à se poser. Après être passés sous la voie ferrée aérienne de la Yamanote, un portable se mit à sonner. S'ensuivirent des pourparlers entre l'un des lycéens et celui qui appelait. Un peu inquiet, je ralentis le pas pour écouter la conversation : le possesseur du portable informait de la situation son correspondant qui devait être l'un des leurs, en précisant le lieu où nous nous trouvions et combien nous étions. Paraît qu'ils rappliquent tout de suite, fit-il à l'intention de ses camarades quand il eut fini de parler. Voilà qui est bien embêtant, on dirait qu'il y en a encore plusieurs autres dans les parages... Je transmis ma préoccupation à Hirasawa en lui soufflant quelques mots à l'oreille puis je lui annonçai qu'on allait régler l'affaire au plus vite étant donné le changement de situation. A quoi, édifié qu'il était par ses déboires de la semaine précédente, il s'empressa d'acquiescer en silence de l'air le plus grave du monde. Je lui donnai brièvement quelques instructions en montant les escaliers qui menaient au parc.

— Passe-moi l'une des piles que je t'ai filées tout à l'heure.

Il me la remit aussitôt.

— Ecoute bien. Toi, concentre-toi sur un seul. T'en fais pas pour les trois autres. Tiens, charge celui qui porte le blouson, et ne t'occupe pas du reste.

— Vous pouvez en prendre trois à la fois, monsieur Onuma ?

— Même quatre, je m'en fous. Ce sera l'affaire d'une minute.

Sceptique, Hirasawa suggéra d'une moue contrariée que ce n'était peut-être pas le moment de faire du cinéma. Je regrettai mon propos en reconnaissant que j'avais sans doute un peu frimé, mais je ne pensais pas avoir menti. Et effectivement tout fut réglé en l'espace d'une minute. Je ne manquais jamais de pratiquer mes exercices et j'avais beau n'avoir pas participé à un vrai combat depuis belle lurette, ce n'étaient pas des adversaires de ce niveau qui allaient me donner du fil à retordre. Si cela avait été le cas, je ne pouvais plus espérer survivre aux situations difficiles ; il ne me restait plus qu'à retourner au Cours tout reprendre à zéro.

— Vous vous ramenez, oui.

Les potaches se tenaient en rang d'oignons face à nous, à quelques mètres de distance. Ils restaient plantés là sans même s'aviser d'ôter leurs vestes. Trois parmi les quatre portaient les cheveux longs qui, à l'état naturel et sans produit coiffant, ne manqueraient pas de leur gêner la vue au premier mouvement. Ils avaient tous des AJXI aux pieds. On eût dit une équipe de basket. Auquel cas, il en manquait un. Ils ne songeaient même pas à remonter leurs pantalons ceinturés au niveau des hanches. Ou ils se foutaient de nous ou ils ne pensaient à rien. Ce qui, de toute façon, ne pouvait qu'être à notre avantage.

— Alors, prêts, les morveux !

Profitant de ce que, sur ce cri de guerre de Hirasawa, ils s'étaient tournés dans sa direction, je lançai de toutes mes forces la pile que je tenais dans la main droite sur celui qui se trouvait en bout de file à gauche, en plein visage. Puis je me précipitai sur son voisin pour lui envoyer un crochet dans le menton de la paume de la main, tout en expédiant mon pied dans le flanc du troisième qui, bien qu'il eût tout de même fait un sort à son burger, sirotait encore son shake. Raison pour laquelle il avait le flanc droit dégagé. Le reste de la boisson lui éclaboussa le visage et la poitrine. Bien m'avait pris ce jour-là de ne pas avoir chaussé mes Irish setters et choisi mes Nylon cortez. J'avais le pied léger, ce qui facilitait l'attaque. J'avais efficacement réussi à les neutraliser chacun au premier mouvement. Tout s'était donc déroulé jusque-là comme prévu. Le premier qui avait reçu la pile en pleine figure, ne parvenant pas à se redresser sous le choc et la douleur qui l'élançait, était pratiquement hors d'état de combattre. En donnant à chacun des deux autres un coup décisif, j'en avais fini avec ce que j'avais à faire et il ne me restait plus qu'à assister Hirasawa. Je jetai donc un œil sur celui-ci et vis qu'il demeurait sur place à me regarder sans vouloir bouger. Hira' ! hurlai-je et, changeant de plan, j'envoyai au tapis le dernier qui se jetait sur moi en lui flanquant un coude sur la tempe. Quant à Hirasawa, il retrouvait enfin ses esprits suite à mon appel et passait à l'action en frappant du poing droit qui contenait la pile le garçon, apparemment le moins endommagé, que j'avais renversé d'un coup de pied dans le flanc.

— Mon blouson s'est salopé, fit Hirasawa sur le chemin de retour vers la gare et, en m'adressant un grand sourire : Je vous rendrai ça un de ces jours, vous savez.

— Fais bien attention, lui recommandai-je tandis qu'il descendait les escaliers menant aux passages souterrains.

De mon côté, je traversai le grand carrefour en direction de la gare. Je me mordais déjà les doigts pendant que j'attendais le train sur le quai de la Yamanote. J'ai quand même manqué un peu de prudence, me reprochais-je, je me suis laissé embobiner par Hirasawa en sachant parfaitement ce que je faisais, sans savoir me retenir ! Puis, tandis que je montais dans le train bondé, je me rappelai les mots que je lui avais adressés au travail : "Une fois qu'on a mis le doigt dans ce genre d'engrenage, c'est sans issue. Tu seras peut-être obligé, aussi longtemps que tu vivras en ville, de remettre ça indéfiniment, jusqu'à ta mort. Rien ne dit que ça en restera là. Et va savoir ce qui peut surgir en cours de route."

27 mai (vendredi)

C'était aujourd'hui par chance le jour de congé de Hirasawa, je n'ai donc pas eu à subir ses bavardages inutiles. Mais je persiste à penser que j'aurais dû m'abstenir pour hier. Comment ai-je pu me laisser aller à ce point ? Une conduite vraiment déplorable. Il ne s'agissait bien sûr que de quelques gamins imbéciles, mais ce n'en était justement peut-être que plus dangereux. Pourvu que mes patients efforts depuis près de six mois pour ne pas me faire remarquer ne soient pas gâchés. Ce genre de conduite futile peut coûter la vie à un espion en sommeil.

J'ai cédé à mon désir, en somme. Si je continue à filer ce mauvais coton, je risque de commettre une erreur fatale, semblable à celle de Mordoshee. Au lieu d'assurer son travail, cet agent, qui s'était exilé d'Israël pour rallier les services égyptiens, avait cédé à son désir et consacré le plus clair de son temps à courir les femmes en réclamant constamment des subsides à ses supérieurs. Le résultat fut qu'il manqua de se faire tuer. Le plus petit relâchement peut conduire à de telles situations. Aucune organisation ne me couvre et je n'ai aucun allié. Il est donc dans mon intérêt d'agir plus prudemment. J'en rajoute peut-être mais cela vaut toujours mieux que de se laisser surprendre dans un moment de laxisme et d'en faire les frais.

Tout de même, quel est-il au juste, mon désir ? Je le reconnais, j'ai tendance à être attiré par la violence. Mais alors pourquoi le suis-je, ou encore pourquoi les gens le sont-ils ? Prétendre que c'est pour combler le vide creusé par l'ennui peut tenir lieu d'explication, pourtant rien ne dit qu'il suffise que l'ennui disparaisse pour que se dissipe l'attrait qu'elle exerce. Difficile également de croire que ce soit la formation que j'ai reçue quand j'étais élève au Cours qui soit à l'origine de mon très fort intérêt pour tout ce qui a rapport à la violence. Ce doit être bien plutôt parce que je l'étais dès le départ, attiré par la violence, que j'ai rejoint le Cours. J'ai été un enfant relativement turbulent. Comme je l'ai écrit hier, je l'étais aussi à l'époque du collège et du lycée. Et aujourd'hui encore je continue à m'entraîner. Mais pour ce qui s'est passé hier soir, on peut aussi considérer les choses sous un autre angle. Si j'ai participé à cette ringarde histoire de vengeance de Hirasawa, n'était-ce pas parce que, à l'évidence, il y avait une grande probabilité que je sois plus fort que mes adversaires ? C'est possible. Ou peut-être, tout en me donnant les meilleures justifications comme celle d'avoir trouvé une bonne occasion de vérifier le résultat de mes entraînements, désirais-je simplement me sentir grisé par ma performance, persuadé que j'étais de l'amélioration de mes capacités. Je crois cependant qu'il ne faut pas confondre ce genre d'euphorie et la véritable satisfaction que peut procurer l'exercice de la violence. Voici en tout cas comment je conçois le mécanisme qui porte les gens à être séduits par celle-ci. L'action que l'on considérait comme le moyen le plus évident pour résoudre un problème, sous l'effet de la propagation des stimulations qui virent à force de répétition en jouissance d'imageries d'ordre esthétique, se trouve déviée de l'intention qui la motivait initialement et commence alors la recherche de la violence pour elle-même. Autrement dit, nous sommes fascinés par une dérive qui nous est offerte en prime. Quoique alors, étant donné que ce genre de mécanisme est loin de ne s'appliquer qu'à la violence, on est ramené à la question de départ.

Du reste, une simple bagarre comme celle d'hier peut présenter des complications d'une autre nature que celle que je viens d'exposer. Quand on a affaire à plusieurs adversaires à la fois, il est plus difficile qu'on ne le croit de les neutraliser sans les tuer. L'être humain meurt avec une déconcertante facilité. Les accidents où la mort est entraînée par un coup porté à un mauvais endroit ne sont pas si rares. Sans doute parvient-on, quand l'on pratique constamment sur le terrain et qu'on a acquis de l'expérience, à contrôler l'impact d'une attaque sur un point vital. Mais face à plusieurs adversaires à la fois, combien existe-t-il d'experts qui en soient effectivement capables ? A mon niveau actuel, la performance de la veille était encore sans doute ce que je pouvais faire de mieux. Combien d'ennemis les membres de commando peuvent-ils neutraliser sans tuer dans une mission individuelle ? De quelles performances les experts font-ils preuve ? Je serais bien curieux de le savoir.

1er juin (mercredi)

Il y a bientôt six mois que j'ai commencé ce travail de projectionniste. Une chose au moins dont je puis me féliciter. J'ai trouvé cet emploi, je crois, le 11 décembre de l'année dernière. Si je me souviens bien, la télévision annonçait ce jour-là la démission du gouvernement et une grande agitation – sans doute était-ce aussi parce qu'on était en pleine période de fin d'année – régnait en ville. J'avais rédigé mon CV et m'étais rendu à l'entretien le jour même où j'avais aperçu l'affiche qui annonçait le recrutement. La salle passait des films en seconde main, après leur passage en exclusivité, et le bâtiment lui-même était très vétuste. J'ai depuis entendu dire qu'il avait été rénové il y a une bonne dizaine d'années mais rien n'est moins sûr. Il donne l'impression d'avoir été construit dans l'immédiat après-guerre par l'armée d'occupation et d'être resté tel quel jusqu'à aujourd'hui. On s'étonne qu'il ait tenu le coup jusqu'ici, sans essuyer le moindre sinistre. Et, quand on songe qu'une salle pareille projette encore des films en plein Shibuya, c'en est même miraculeux. Quoique ce ne soit pas tout à fait par hasard si le terrain qu'elle occupe a été épargné par les spéculateurs immobiliers…

Kawai, le régisseur de la salle, est un homme falot de la quarantaine. Il n'est pas patron, c'est un gérant employé. Plutôt taciturne, il a un goût vestimentaire déplorable. Si encore il portait des costumes, au lieu de s'acharner à faire jeune, ça lui donnerait un peu d'allure, dit souvent Mme Sakata, la préposée au contrôle des billets. Il paraît que lui s'efforce de se mettre au diapason avec l'ambiance de Shibuya. Mais il est aussi taquiné par les étudiants qu'il a engagés : Un vrai bijou sa chemise à carreaux, murmurent-ils dans son dos, une pièce hyper-rare, vendue en dernier solde avant liquidation, que personne n'a osé acheter. D'ailleurs, le premier mot qu'il m'avait adressé au moment de l'entretien, tandis qu'il me comparait à mon CV, avait été :

— Dis-moi, tu te fringues jeune.

— C'est possible, avais-je répondu avec un sourire, un peu forcé je crois.

— Ecole de cinéma, hein. Mais pourquoi tu n'essaies pas plutôt d'en faire, du cinéma ? T'y as renoncé ?

— Oui, si on veut.

— Hum, fit Kawai et il se replongea dans la lecture du CV. Mais qu'est-ce que c'est que ça ! Dis donc, tu n'as rien foutu jusqu'à maintenant, depuis que t'as terminé tes études ? Depuis quatre ans ? Cinq ? Mais qu'est-ce que tu fabriquais ?

— Eh bien, à vrai dire, j'ai été un peu malade. Je suis resté en convalescence, dans ma famille.

La réponse avait été préparée à l'avance.

— Longue convalescence. Et maintenant, ça va ?

— Oh oui.

— Vraiment ? Je ne veux pas savoir le nom de la maladie mais enfin, faudrait pas que tu manques le boulot.

— Je vous assure que je vais très bien. C'est même pour ça que j'ai passé une longue convalescence. Je n'ai vraiment plus aucun problème.

— Ah bon. Eh bien, tant mieux. Alors, c'est OK n'importe quand ?

— N'importe quand ? Quoi donc ?

— Mais le job. Je te demande si t'es prêt à travailler n'importe quand, grand maître. *Are you OK ?*

— Ah oui. C'est OK, oui. Dès demain, si vous le souhaitez.

— Les jours fériés aussi ?

— Oui.

— Même à Noël ?

— Oui, même à la Saint-Sylvestre et au Nouvel An.

Engagé sur-le-champ, je commençai à travailler dès le lendemain. Kawai voulut savoir, dans la dernière question qu'il me posa au cours de l'entretien, pourquoi un type comme moi qui s'était retiré aussi longtemps en province après ses études éprouvait soudain le besoin de monter à Tokyo exercer le métier de projectionniste. Qui, en plus, prétendait avoir renoncé à réaliser des films. Pourquoi ? Je lui répondis platement que c'était parce que je m'imaginais la vie dans une grande ville plus attrayante.

Le travail de projectionniste, en ce qui concerne le mien, n'est pas bien compliqué. Le projecteur est entièrement automatique et, une fois qu'il est lancé, il ne reste plus rien à faire tant que la pellicule ne se déchire pas. Il arrive qu'un client vienne se plaindre si je mets trop de temps à recoller un film qui a sauté, en revanche il est très rare que l'on vienne rouspéter à cause de l'image qui déborde sur le cache ou d'une mise au point approximative. J'ai donc la paix pendant tout le temps de la projection. Je ne sais pas comment ça se passe dans les autres salles, mais ici le directeur n'exige pas de projection impeccable. Il est difficile dans ces conditions de considérer le travail que j'accomplis comme celui d'un professionnel. Ce qui ne m'empêche pas, bien sûr, de m'efforcer de faire toujours de mon mieux.

La salle, qui porte le nom de Cinéma international de Shibuya, compte deux cent soixante-deux places. Ne traitant pas d'exclusivité, la programmation consiste en temps normal à donner deux films récents par séance, mais il arrive aussi que l'on passe des films anciens en séance spéciale. Ou tardive, mais ce n'est guère plus fréquent. Le régisseur décide toujours de la programmation. C'est en somme pour son plaisir qu'il organise ces projections spéciales et séances tardives de films anciens. Quand il est inspiré, il n'arrête pas de monter de nouveaux projets mais la plupart n'aboutissent pas. La première séance débute le plus souvent à dix heures et demie du matin. Il y en a cinq en général et la dernière se termine entre neuf et dix heures du soir. Je gagne la cabine de projection une heure avant le début de la première projection. Après avoir rétabli le courant, j'allume les lampes au xénon, les commandes automatiques des deux projecteurs et les équipements sonores. Là-dessus, je rembobine le film pour m'assurer qu'il est correctement chargé, mets en marche le premier appareil en vérifiant que la lampe est en position d'attente, puis enfin ajuste le cadrage, le point et le volume du son. Je procède ensuite sur le second appareil aux mêmes opérations et attends l'heure de la première projection en envoyant la musique de fond. Le moment venu, j'appuie sur le vibreur, arrête la musique et baisse l'éclairage de la salle. Le projecteur remis en marche, je règle cette fois le point et la dimension de l'écran à chaque bande-annonce, et le film commence. Au fait, il n'y a pas dans ce cinéma de lentille de rapport 1,66 millimètre, si bien que les images grand écran de standard européen se trouvent systématiquement amputées. La projection lancée, je vérifie une fois encore la mise au point et le volume du son, puis m'assure que le relais par le second appareil se déroulera sans encombre. Je recolle la pellicule si elle saute en cours de route et la projection terminée, je rétablis l'éclairage et la musique d'ambiance de la salle. Voilà à peu près en quoi consiste mon travail.

Bien que rien ne m'y oblige, je reste le plus souvent enfermé dans la cabine pendant tout le temps de la projection. La chaleur sert à mon entraînement, le bruit du projecteur ne me gêne pas, il m'est même plutôt agréable, bref je m'y plais. Les films, je ne les regarde pas. Il ne m'arrive presque jamais de porter les yeux sur l'écran. Je regarde autre chose à la place. D'où je suis j'ai vue sur la totalité des sièges, de sorte que je suis tout le temps en train d'observer ce qui se passe parmi les spectateurs. C'est plus intéressant que le film. Et ce n'est jamais le même spectacle. Ce qui me vaut d'ailleurs ces temps-ci de me faire traiter de voyeur par Kawai. Comme partout ailleurs, c'est la séance en fin d'après-midi des jours de semaine qui est la moins fréquentée. S'il s'agit en plus d'un film qui, n'ayant rencontré aucun succès, a été retiré tout de suite des cinémas d'exclusivités, la salle – qui, déjà, n'est jamais bien pleine d'habitude – se trouve être pour le coup complètement vide. En la contemplant du haut de mon perchoir, je distingue dans la pénombre plus de deux cents places vides. La lumière n'atteint pas la partie inférieure des sièges qui paraissent plus sombres encore, comme si tout cet espace était parsemé de trous. La plupart des spectateurs – bien qu'il y ait parmi eux quelques cinéphiles qui ne manquent aucun film – sont des employés de bureau qui sèchent leur travail ou de jeunes couples. En bon voyeur, je regarde principalement ces derniers. Quand la fille penche la tête pour reposer une joue sur l'épaule de son ami, je m'aperçois par exemple, si je continue à les observer attentivement, qu'une main se glisse entre les jambes du garçon et remue doucement. Il arrive aussi que ce soit l'inverse, bien sûr. Des yeux ils regardent le film mais des mains ils sont occupés à autre chose. Un frémissement les traverse de temps en temps, et je ne peux alors me retenir d'éprouver un certain émoi. D'autres, plus rarement, flirtent sans gêne pour montrer combien ils s'aiment. Ceux-là, franchement, me laissent froid. Et, naturellement, il y a des employés de bureau qui suivent en douce leurs ébats et dont, à mon tour, je scrute le manège. Là-dessus, Kawai vient parfois m'inspecter :

— Surtout ne les emmerde pas, me fait-il alors. Je ne veux pas me faire engueuler par les gars de Maruyamacho.

Le patron du Cinéma international de Shibuya possède aussi plusieurs hôtels à Maruyamacho. Ce qui explique la projection systématique d'un film publicitaire pour ces établissements avant les bandes-annonces et, à la réception, la mise à la disposition des spectateurs de bons de réduction, de couleur rose, valables aussi bien pour la nuit que pour une “pause”.

Mon plaisir de projectionniste ne se limite pas à celui du voyeurisme, il y en a un autre. Les copies que je projette l'ont déjà été plus de cent fois dans les salles d'exclusivités et même parfois plus de trois cents s'il s'agit d'un film resté longtemps à l'affiche. Elles sont donc considérablement usées. Et, par conséquent, se déchirent facilement. C'est dû le plus souvent à une fissure de la perforation qui empêche les dents d'engrener la pellicule. Celle-ci fond alors sous la chaleur de la lampe et saute. Je dois, quand cela se produit, arrêter le projecteur, couper la partie endommagée et recoller. C'est là que je procède à une petite astuce. J'ai découvert un jour, je ne sais plus trop quand, dans un coin de la cabine une boîte remplie de chutes de films divers. Mon prédécesseur avait sans doute oublié de la sortir le jour des poubelles avant de quitter sa place, et elle était restée là sans que Kawai s'en aperçoive (mes jours de congé, c'est en général lui qui s'occupe de la projection). L'idée m'est ainsi venue de faire avec ces chutes une petite fleur aux spectateurs. Chaque fois que la pellicule se déchire, je redémarre la projection en y insérant trois images extraites d'un autre film. C'est mon œuvre, dès lors, qui est projetée. S'il s'agit du *Voyage à Tokyo*, cela devient le *Voyage à Tokyo*, version Onuma. On assiste d'ailleurs ces temps-ci à des reprises de films dans la “version du réalisateur” prétendument sans coupure, mais il suffit que la pellicule saute en cours de projection pour qu'elle redevienne une version coupée. Car on n'est plus en droit de parler de version intégrale à partir du moment où il existe une partie manquante. Du reste, il est extrêmement rare que l'on puisse voir un film qui mérite vraiment d'être qualifié de "version sans coupure". La bande saute et aussi le cadrage dès que l'image bave sur le cache noir qui la borde des quatre côtés. Le chef-opérateur alors n'a plus que ses yeux pour pleurer. Sans compter tous les problèmes de la bande-son. Je ne pense pas, de toute façon, qu'il y ait un seul spectateur qui s'aperçoive de ma fleur. De fait, personne ne m'en a fait la remarque jusqu'à présent. Il est pratiquement impossible de percevoir trois malheureuses images insérées en catimini, à moins d'y prêter une très grande attention. Peut-être en ressent-on comme une impression de légère bizarrerie, tout au plus.

7 juin (mardi)

C'était aujourd'hui l'anniversaire de Mme Sakata. Moi et Kobayashi, une étudiante comme Hirasawa qui travaille pour nous, nous lui avons offert chacun un cadeau. Je lui ai demandé ce qui lui ferait plaisir et elle m'a répondu : Des Hi-lite. Je suis donc allé en acheter une cartouche et la lui ai donnée. Mme Sakata est une grande fumeuse. Je ne sais pas ce que lui a offert Kobayashi.

Mme Sakata est la plus ancienne du personnel. Cela fait plus de dix ans qu'elle s'occupe à temps partiel du contrôle des billets. Son mari est transporteur, spécialisé dans les longues distances, mais il paraît que, ces temps-ci, il ne rentre plus guère à la maison, même lorsqu'il n'a pas de travail. Elle a une fille en deuxième année de collège qui s'appelle Ayako. Elle vient souvent rendre visite à sa mère sur son lieu de travail – sans doute aussi parce que le cinéma se trouve à Shibuya où elle doit avoir d'autres choses à faire. Et il semble effectivement qu'elle y ait une autre occupation. Ayako va travailler un certain nombre de jours par mois dans un appartement du côté de Dogenzaka. J'ai entendu l'un des subalternes du patron, de passage dans la salle, le révéler au cours d'une conversation avec Kawai en apercevant Ayako qui venait au même moment voir sa mère : Y a pas de doute, cette gamine est une marchandise de chez Ishihara (le propriétaire de l'appartement), j'en sais quelque chose puisque c'est moi qui me la suis envoyée le premier. J'avais écouté leur conversation dans l'intention d'obtenir des informations de nature tout à fait différente, et j'en fus quelque peu choqué. Bien qu'elle n'y fasse jamais directement allusion, Mme Sakata me parle souvent de sa famille en poussant des soupirs de dépit. Sans doute se sent-elle à l'aise avec moi pour bavarder parce que je suis le plus âgé après elle dans le personnel. Je l'écoute attentivement et opine en silence à ses plaintes. Bien que plaintive, Mme Sakata est d'un caractère exceptionnellement tempéré, au point même que c'en est agaçant, aussi n'emploie-t-elle jamais de tournures qui pourraient être prises pour de la médisance sur son mari ou une réprobation envers la conduite de sa fille. Peut-être que je devrais demander conseil à Minomonta*, se contente-t-elle seulement de dire avec un sourire timoré.

Six mois auparavant, de retour à Tokyo, je flânais dans Shibuya à la recherche d'un travail

* Présentateur de télévision célèbre pour ses émissions dans lesquelles il répond aux appels des téléspectateurs et les conseille au sujet de leurs problèmes de famille.

en trouvant que la ville avait tout de même bien changé en cinq ans. J'y étais bien revenu deux fois au cours de ces cinq années mais, n'ayant pas eu le temps de l'arpenter tranquillement, je n'en avais gardé que des souvenirs superficiels destinés à être aussitôt effacés. Il y a six mois, par contre, j'avais tout mon temps et pouvais à loisir chercher du travail en étudiant la ville. Les immeubles en eux-mêmes étaient restés pratiquement identiques, en revanche je pouvais m'amuser à constater combien les emplacements et les articles des rayons des grands magasins avaient changé. Le nombre de ventes de démonstration dans la rue avait aussi considérablement augmenté et les tenues vestimentaires des passants, quoiqu'on eût pu les classer selon un certain nombre de catégories, étaient plus que jamais uniformisées. On assistait partout à des spectacles plus burlesques les uns que les autres. Les gens que je croisais me faisaient tous l'effet de personnages de bande dessinée et je ne pouvais m'empêcher de me dire que, en effet, certaines fictions brillantes anticipaient l'avenir. Il y avait dans les passages souterrains, posté toujours au même endroit, un type bizarre de la quarantaine qui accostait systématiquement les filles. Les cheveux coiffés en arrière et vêtu d'habits de golf tantôt à carreaux, tantôt unis, il portait toujours sous l'aisselle un petit sac. Recruteur paraît-il expert, il était devenu une célébrité des pourtours de la gare de Shibuya, du côté Hachiko autant que du côté Moyaizo. Les nuits des week-ends, le quartier se transformait comme d'habitude en galerie de vomis, et les rats pullulaient. Les rats, quand même, c'était vraiment insupportable. Ne pouvait-on pas faire quelque chose ? D'ici que Shibuya en fût complètement envahi, il n'y avait pas long. Tous ces gens ne se préoccupaient que de mode et de sexe, sans se soucier le moins du monde de la menace que représentaient ces rats. Pas étonnant dans ces conditions que l'on assistât à une montée du totalitarisme. Tout en pensant ces choses, je me disais qu'il me fallait moi aussi me fondre dans ce paysage. Il était en effet dans mon intérêt, du moment où j'avais quitté le Cours, de me dissimuler dans le dédale de Shibuya. Peut-être aussi étais-je séduit, après avoir été contraint à une existence stoïque pendant les cinq années de pensionnat au Cours, par les jeunes citadins chez qui la violence s'exprimait dans la recherche vestimentaire. Ou bien m'étais-je senti fortement encouragé par la vue de gens qui exhibaient publiquement leurs désirs sans paraître éprouver la moindre honte ? Toujours était-il que, si je voulais ne pas attirer l'attention, je devais me composer une apparence adéquate de façon à faire partie du spectacle.

10 juin (vendredi)

Comme Hirasawa tenait à me remercier, nous sommes allés après le travail à La Bohème où je me suis fait offrir le repas. Il m'a dit que depuis il avait une veine de pendu. Il avait touché à la loterie un ou deux millions de yens, trouvé une nouvelle copine, bref était continuellement verni.

— Je ne l'ai dit à personne, vous savez, que j'ai gagné à la loterie, mais à vous, je vous le dis quand même, parce que j'ai l'impression que je peux vous faire confiance, et puis comme la dernière fois vous m'avez donné un coup de main pour moucher les morveux… Si jamais vous avez besoin d'argent, n'hésitez pas. Si c'est dans les cent mille, je peux vous les prêter. Je ne sais pas jusqu'à quand je les aurai mais enfin…

Hirasawa me parlait avec un grand sourire niais aux lèvres.

— T'en as déjà claqué un paquet, je parie. Tu l'as payé combien ta parka ? Griffée Moulin à vent, hein. Dans les cent mille ? Et tes baskets, elles sont d'époque, on dirait. Des SL72. Tu les as achetées parce que c'était l'année des Jeux olympiques ? Je n'en ai jamais vu de cette couleur. Quoi, tu t'es aussi offert une montre, mais c'est comme si tu criais à la cantonade qu'un pactole t'est tombé dans le bec. Tu t'es acheté autre chose encore, dis-moi ? Ah, je vois, t'as investi dans ta nouvelle copine. Tu la gâtes, histoire de ne pas te faire plaquer ce coup-ci.

Hirasawa avait plus que tout horreur de se faire taquiner de cette façon. Je savais qu'il ne me considérait que comme un pauvre type, sentencieux alors qu'il se laissait vivre sans la moindre perspective. Il était du genre à dire tout de suite tout ce qu'il pensait sans réfléchir à qui il avait en face de lui, et Kobayashi, qui elle non plus ne brillait pas par sa discrétion et sa délicatesse, s'était empressée de venir me rapporter les propos qu'il avait tenus à mon sujet. Il n'a pas d'autre choix, j'imagine, que finir ses jours ici ou retourner dans son trou… Quoi ? Il n'a pas l'intention d'y retourner ? Il n'est pas un peu con, non ? Il ne croit tout de même pas que ce cinéma de merde va durer toujours. Quel pauvre type, je te jure. Il n'était pas exclu bien sûr que Kobayashi, en me faisant part si scrupuleusement de ces paroles, ne les eût pas un peu arrangées, mais il me suffisait d'observer l'attitude que Hirasawa adoptait à mon égard pour avoir une idée de l'opinion qu'il se faisait de moi. Laquelle, au fond, n'était pas tellement fausse. Je n'allais pas m'en offusquer mais il n'y avait pas de raison de le laisser trop en profiter, si bien que je m'amusais souvent, quand il se faisait bavard, à le narguer de cette façon.

— Mais alors ça n'a plus rien d'un secret. Essaie de réfléchir un peu, mon vieux, puisque tu vas à la fac. Tu n'es plus au temps où tu pouvais frimer dans ton trou. Tu as vu *Good Fellows* ? Un film de gangsters avec De Niro. Tu te souviens, après le braquage, combien il était en pétard de voir ses potes s'offrir à tour de bras les objets les plus clinquants. Tu sais ce qui s'est passé après. Ils se sont tous fait buter. Par De Niro.

La main de Hirasawa qui tenait le verre tremblait imperceptiblement. Ce n'était pas de peur, bien sûr. La bouche entrouverte, il restait muet et glissa à plusieurs reprises son regard vers le grand plat posé sur la table. Avec, semblait-il, l'intention de m'assommer avec. La conversation resta interrompue une trentaine de secondes. Hirasawa suait à grosses gouttes. Sans doute se rappelait-il ma performance au parc Miyashita. Il se tâtait comme il pouvait pour savoir s'il devait ou non me foncer dessus.

— Monsieur Onuma, c'est encore un de vos appels à la prudence ? Vous voulez me la refaire, à moi ?

Après être enfin parvenu à prononcer ces mots, il évitait toujours de croiser mon regard.

— Mais qu'est-ce qui te prend enfin ? Avec tes airs de rebelle qui ne veut pas recevoir d'ordre.

— Ce n'est pas ça, mais…

— Fais pas cette tronche. Tu ne comprends même plus la plaisanterie ? Comment t'as fait pour survivre jusqu'à aujourd'hui ? T'as un sacré pot, je te jure.

— Dis donc, te paie pas ma gueule parce que t'es plus vieux.

Il posa à cet instant son regard sur moi. Cette fois, apparemment, il était décidé.

— Oh là là. Pardon si je t'ai vexé. Je ne voulais pas te mettre en rogne.

Il parut juger que je m'étais excusé avec franchise et détourna les yeux quelques secondes pour adoucir un peu son expression. Si t'as compris, ça va, semblait-il vouloir dire.

— Ce n'est pas grave, vous savez. Je me suis senti un peu mal à l'aise, c'est tout.

— Ah, tiens. Un type aussi peu sensible que toi peut se sentir mal à l'aise. Félicitations, mon petit.

Aussitôt, son regard se fit haineux. Il rapprocha son visage du mien en se redressant légèrement sur son siège puis, ne sachant que faire ensuite, attendit ma réaction. Je lui empoignai l'épaule de la main droite et, changeant à nouveau de ton, lui déclarai :

— Pas de panique, du calme, c'était pour rire ça aussi.

— Tu te fous de moi ! rugit Hirasawa mais je l'interrompis et continuai :

— C'est bon. Calme-toi. Je vais t'expliquer, alors écoute. C'était un peu vache de ma part, mais j'ai fait exprès de te titiller parce que figure-toi qu'il y a quelque chose qui me tracasse depuis tout à l'heure. En tout cas, pour le moment, décontracte-toi. Tiens, prends un verre de vin.

Il accepta et, l'air toujours aussi teigneux, se mit à agiter nerveusement le genou :

— Et ensuite ?

— Il y a les gamins de la dernière fois à la table du fond. Regarde discrètement.

Ça, c'était vrai.

— Depuis quand ?

— Je viens de m'en apercevoir.

Hirasawa se tut et, du coin de l'œil pour ne pas se faire remarquer, inspecta un bon moment la table en question. Les lycéens conversaient le plus paisiblement du monde avec des jeunes filles à l'allure de secrétaires. Cependant, ils quittaient souvent la table, ce qui n'était pas pour me rassurer.

— Mais pourquoi t'avais besoin de me narguer ?

— Je voulais savoir s'ils s'étaient rendu compte qu'on était là.

— Quoi ? Dites pas n'importe quoi, monsieur Onuma ! Vous n'allez pas me dire que c'est... merde... en me charriant que tu peux savoir s'ils nous ont remarqués ou pas !

Il avait à nouveau durci le ton et sa jambe s'agitait de plus belle.

— Eh si, moi je peux.

— Dis donc, Onuma. Te fous pas de moi. Crois pas que je t'aie invité parce que je t'ai à la bonne ! Il se trouve par hasard qu'on bosse au même endroit et que t'es un peu plus vieux, c'est la seule raison pour laquelle je supporte d'écouter tes conneries. Si tu remets ça, je te crève.

Je le scrutai droit dans les yeux en me contentant de lui demander si c'était vraiment ce qu'il avait sur le cœur. Il continuait, sans me répondre, à me fixer en frémissant. J'adoucis un peu le ton et déviai le tour qu'avait pris la conversation :

— On a plutôt intérêt à se tirer vite fait. Ils ne se sont pas encore aperçus de notre présence mais c'est qu'ils sont nombreux aujourd'hui. Tu tiens à ta bourse quand même, non ?

Hirasawa, qui s'était paré de tous ses jolis accessoires récemment acquis et dont le portefeuille contenait, paraît-il, près de cent mille yens, après quelques clappements de langue répétés à intervalles de quelques secondes, renonça cette fois à riposter à mon argument.

Sorti du restaurant, il attrapa aussitôt un taxi et s'en retourna chez lui. Il ne représentait pas pour moi le moindre danger. Les types dans son genre, même s'ils peuvent paraître à première vue agir de manière irréfléchie, ne le font jamais au péril de leur vie. L'attitude qu'il avait prise à mon égard était le maximum dont il était capable et, aussi longtemps que je m'abstiendrais de le provoquer, il se tiendrait tranquille. Il n'était pas bête au point de se laisser abuser par mes explications tirées par les cheveux. Il ne manquait pas de discernement en somme. J'avais, lorsque j'étais étudiant, subi le même genre de sarcasmes stupides et continuels de la part d'un enseignant qui était assistant réalisateur. Et, au bout du compte, moi aussi, tout ce que j'avais réussi à faire, c'était le menacer de mort.

Cela a beau avoir été une coïncidence, il semble que ces lycéens et Hirasawa soient destinés à se croiser souvent. Je me demande jusqu'où il saura rester sage.

16 juin (jeudi)

Il y a toujours de nouveaux stigmates aux poignets de la fille qui, depuis une quinzaine de jours, travaille à mi-temps au libre-service à côté de chez moi. Je ne peux m'empêcher de les regarder chaque fois que je vais y faire mes courses. Il doit s'agir de traces de ligotage. Elle a dans les vingt-cinq ans ou plus, et elle est probablement mariée. J'ai posé la question au caissier amateur de ragots qui m'a répondu, comme je pouvais m'y attendre : Ah bon, parce que c'est votre genre, puis : Exact. Il ne s'était pas aperçu des traces sur les poignets de sa collègue. J'ai pensé que c'était parce qu'ils ne travaillaient pas aux mêmes heures mais il m'a donné une explication plus convaincante en disant qu'il ne regardait que les jambes. Décidément, me lança-t-il tandis que je quittais le magasin, ils sont tous pareils les gens qui habitent par ici, à commencer par vous et moi.

24 juin (vendredi)

J'ai une migraine épouvantable aujourd'hui. J'ai beau essayer de dormir, rien n'y fait. Je ne suis pas allé travailler non plus. Je ne peux ni lire ni regarder de vidéos quand j'ai mal à la tête. Incapable que je suis de faire quoi que ce soit, je n'ai d'autre choix que d'écouter de la musique. Il continue à pleuvoir dehors. Faute de mieux, je me suis résigné à prendre un cachet.

Et depuis, j'ai l'esprit étonnamment clair. Aurais-je avalé des amphés par inadvertance ? Je m'efforce autant que possible de ne pas avoir recours aux médicaments pour ne pas être pris au dépourvu au cas où, mais tant d'efficacité, j'avoue, me laisse perplexe. Comme dit Miyako dans *Akira* : “Qui veut libérer véritablement sa *force* doit savoir surmonter ses propres faiblesses et se contrôler en résistant à ses désirs.” Il me faut assurément améliorer mes techniques de contrôle pour me soulager de cette migraine. Mais enfin, pour le moment, je me sens bien.

Finalement, n'ayant rien à faire, j'écoute à nouveau la chanson de Julio.

Je m'aperçois de quelque chose d'important en relisant la traduction des paroles de *Mes trente-trois ans*. Je ne saisissais pas très bien jusqu'ici pourquoi Julio s'attachait précisément à cet âge. En fait, cela m'échappait parce que je m'étais persuadé qu'il avait en lui-même une valeur symbolique. “Entre la nostalgie et une autre nostalgie, Entre ta vie et la mienne, Entre la nuit et l'aube, S'en vont les jours.” Comme l'indique ce passage, la chanson évoque un entre-deux. L'âge de trente-trois ans représente “la moitié de la vie”, autrement dit un âge “entre” la jeunesse et la vieillesse. Ce n'est donc pas seulement “le temps d'hier” qui est oppressant pour ces trente-trois ans. Il y a double oppression. Par “le temps d'hier” et par “le moment où il découvre sur sa peau ses premières rides”. Voilà quelque chose que je n'aurais jamais “soupçonné”, moi qui n'ai pas encore atteint mes trente-trois ans.

27 juin (lundi)

Ce qui devait arriver est arrivé.

En lisant le journal du soir dans ma cabine, je suis tombé sur un article qui rapportait que, aujourd'hui vers midi, une fourgonnette dans laquelle se trouvaient quatre membres d'une équipe de tournage de films documentaires et une personne non encore identifiée avait manqué un virage sur la voie rapide numéro 5 en direction d'Ikebukuro à proximité de la jonction de Takehashi. Le véhicule avait explosé en carambolant et les passagers étaient tous morts. J'avais été, avec ces quatre membres de l'équipe de tournage, dans la même classe à l'école de cinéma et j'avais, après la fin des études, rejoint avec eux le Cours. Ce devait être aussi le cas de la victime non encore identifiée.

Cet "accident" n'en est probablement pas un. Sans doute un coup monté. Autrement dit, ils ont été tués. Si tout a été découvert, cela veut dire que je me trouve moi aussi en danger. Devrais-je contacter les autres ? Mais, dans l'hypothèse où il s'agirait d'un règlement de comptes déguisé en accident, suis-je en mesure de décider tout de suite qui en sont les auteurs ? Il serait plus sage d'attendre ce qui va suivre en les laissant se manifester les premiers.

29 juin (mercredi)

Inoue est apparu soudain à mon travail. Mais je n'en ai pas été surpris. Je savais parfaitement pourquoi. C'était à cause de "l'accident". Quelle que fût la situation dans laquelle il se trouvait, il ne faisait aucun doute que c'était ce qui motivait sa visite. Depuis l'automne dernier où nous nous étions échappés du Cours pour retourner à Tokyo, nous n'avions plus cherché à nous voir ni même à rester en contact. C'était également le cas avec ceux qui étaient morts dans "l'accident". Jamais un mot superflu ne venait aux lèvres d'Inoue, son regard était sévère et suspicieux, et il s'exprimait sur un ton péremptoire, même dans la conversation courante. Je n'allais pas l'entendre m'adresser un quelconque mot de salut pour ces retrouvailles. Bravo, fis-je donc le premier en le voyant, tu as réussi à me débusquer. A quoi il répliqua : Tu as oublié ce qu'on a fait pendant cinq ans ?

Quant à savoir pourquoi cet "accident" s'était produit, ou plutôt qui l'avait provoqué, il y avait deux possibilités. La première, les yakuzas. L'autre, la clique demeurée au Cours. J'optais, moi, pour les premiers. Or Inoue prétendit qu'il s'agissait des seconds. Tout en précisant qu'il n'en avait pas la certitude, il semblait disposer déjà de solides informations. Si son hypothèse se révélait juste, il ne me restait plus qu'à reconnaître que, moins encore que je ne le croyais, je n'avais su faire travailler mes méninges pendant ces six mois. Ou encore que j'avais sous-estimé le groupe resté là-bas. En tout cas, la probabilité que cet accident n'en soit pas un s'est encore élevée. Je me propose ici de relater, en y mettant de l'ordre, les péripéties qui ont conduit à cette situation. Peut-être m'apercevrai-je ainsi de quelque détail dont l'importance m'avait échappé, et cela me sera utile aussi pour réfléchir à la stratégie à adopter dans les prochains jours. Il me faut d'abord remonter à ce qui s'est passé il y a cinq ans.

*

Les étudiants en troisième année de l'école de cinéma, après les vacances d'été, entrent en stage pour réaliser leur film de fin d'études. Ils disposent pour cela d'une période allant jusqu'au mois de février de l'année suivante, soit environ quatre mois sans compter les vacances d'hiver. Elèves de la classe du film documentaire, nous ne savions déjà plus que faire à l'étape de la recherche d'un sujet. La partie qui devait faire l'objet de notre reportage s'était défilée au stade des préparatifs et notre projet initial était tombé à l'eau. Nous nous étions retrouvés en quelque sorte l'herbe fauchée sous le pied. Comme nous ne parvenions pas malgré toutes nos discussions à trouver matière convenable, il fut décidé d'élargir le champ d'investigation. L'on suggéra ainsi aux élèves venus de province de se mettre à la recherche de quelque personnage singulier dans leur région. Je trouvais l'idée un peu facile mais téléphonai néanmoins à ma mère pour lui demander si elle n'avait rien lu de bizarre récemment dans les journaux locaux, ou entendu parler autour d'elle de quelque original. A quoi elle me répondit que si, justement, elle connaissait un personnage tout à fait étonnant.

Je suis originaire d'une petite ville de province du Nord-Est. Mes parents y tiennent une agence immobilière et aussi, dans le même immeuble, un café. Selon le récit de ma mère, cette année, à l'époque où avait commencé à fondre la neige, un homme dans les quarante-cinq ans appelé Masaki s'était mis à fréquenter assidûment le café et en était devenu l'un des habitués. Au début, il n'échangeait que quelques mots avec elle, se contentait de lui poser des questions anodines sur la ville et ne semblait pas vouloir s'ouvrir davantage. Mais, au bout d'un certain temps, elle le vit engager avec mon père qui avait fini son travail de ferventes discussions sur le golf et jouer au mah-jong ou aller boire avec les autres habitués. Il apportait aussi à ma mère des médecines chinoises rares, des plantes sauvages fraîchement cueillies, jouait avec la petite fille de Yuko, une jeune parente qui aidait ma mère au café, bref, il était devenu un parfait familier de la maison. J'ai vécu, aurait-il raconté, jusqu'à l'âge d'entrer à l'école primaire dans cette ville où vivaient les familles de mes parents. Mon père qui était salarié d'une entreprise a été muté à Tokyo où, depuis, je suis toujours resté. Mais, en quittant mon travail l'an dernier, j'ai eu envie de revivre dans la ville où j'avais grandi. Je n'ai plus ici ni parents ni connaissances mais comme, heureusement, je suis célibataire, je n'ai aucune contrainte... Sur quoi, Yuko, qui, bien que mère depuis trois ans, n'avait encore qu'à peine vingt ans, lui aurait demandé quel travail il comptait faire en venant s'installer dans un trou pareil. Il aurait alors répondu que la famille de son père tenait à l'époque une salle d'entraînement aux arts militaires et qu'il songeait à la rouvrir sous une autre forme, à son idée, histoire d'utiliser l'argent qu'il avait mis de côté jusque-là sans but précis. Masaki, qui avait pour tic de ponctuer tous ses propos d'un : “C'est un secret ça, vous savez”, tout en reprenant plusieurs tasses de café, sa boisson préférée, ne cessait de raconter à tout le monde les histoires les plus invraisemblables. C'est ainsi qu'il annonça qu'il avait créé un cours privé, baptisé le Cours de l'Eminence. Il le destinait principalement à l'apprentissage des techniques de défense et d'investigation, et avait déjà recruté cinq élèves. Quant à sa profession antérieure, il ne voulait pas la révéler sous prétexte qu'il s'agissait d'une “activité secrète”, mais il avait été, semblait-il, dans la police. Voilà ce que me rapporta ma mère, en disant qu'il était assurément un phénomène.

Il fut décidé que moi et Miyazaki (l'un des cinq morts de "l'accident") qui étions chargés de la mise en scène irions parler avec Masaki et prendre la rencontre en vidéo. Ce qui se fit sans difficulté. Il est inutile de m'étendre ici sur le contenu de l'entretien qui ne représente qu'un détail au regard de tout ce que nous allions vivre par la suite. Je me contenterai simplement de donner la première impression que me fit le personnage. Elle se résume en un mot : louche. Elle reste d'ailleurs inchangée aujourd'hui encore, cinq ans après. Miyazaki, par contre, parut emballé par le bonhomme et au retour, dans le train, nous eûmes une petite discussion : je disais que ce n'était qu'un original comme on en trouvait partout tandis que lui soutenait que c'en était peut-être un, mais d'un genre tout nouveau. Miyazaki, tout en passant la vidéo qui ne présentait guère d'intérêt, s'employa avec enthousiasme à convaincre le reste de l'équipe qu'il fallait absolument en faire notre film et réussit finalement à faire adopter le projet. Quant à moi, je gardai une position ambiguë jusqu'au bout. Il y avait bien sûr le fait que ma première impression de Masaki n'était pas bonne, mais ce qui me déplaisait surtout, c'était de le voir s'approcher trop près de ma famille. J'avais en effet un mauvais pressentiment. Qui allait, au bout du compte, se révéler juste.

L'équipe qui se donna deux semaines pour le tournage partit pour mon pays en emportant une caméra 16 millimètres et les appareils d'enregistrement du son. Elle se composait de six membres : Inoue, Mikami, Miyazaki, Muranaka,

Yuza et moi-même. Le coût de cette réalisation si on y incluait les frais de voyage dépassait à l'évidence la somme qui nous était allouée par l'école, mais nous nous étions arrangés en trouvant chacun un job de courte durée jusqu'à la veille du départ et, pour l'hébergement, en utilisant la maison de ma famille. D'ailleurs, après cinq jours de tournage, Muranaka déclara que nous devions partager jour et nuit la vie des élèves du Cours si nous voulions arriver à quelque chose. Nous nous installâmes donc, avec l'accord de Masaki, dans la salle d'entraînement. Elle se trouvait à la lisière de la ville dans un petit bois en bordure de rivière, à deux pas de la garnison de la 6e division de l'armée de terre des forces d'autodéfense. Le bâtiment, visiblement construit à la hâte, comprenait un espace d'environ soixante mètres carrés. Dans son prolongement, un petit pavillon servait de logement à Masaki. Mon père lui avait cédé le terrain à bas prix et, quant à la salle, il aurait, à la suite d'une partie de mahjong, obtenu d'un habitué du café, patron d'une entreprise de bâtiment, de se la faire construire à bon marché. Il n'avait donc pas eu à dépenser grand-chose de l'argent qu'il prétendait avoir mis de côté.

Les élèves de Masaki étaient au nombre de cinq : Isobe et Eshita, deux jeunes voyous qui avaient abandonné le lycée et étaient sans travail, Kitagawa, qui lui aussi refusait d'aller au lycée, et Araki et Sae, un peu plus âgés que nous et tous deux fils aînés de familles d'agriculteurs. Pour Isobe, Eshita et Kitagawa qui étaient encore mineurs, ce seraient des habitués du café qui auraient suggéré aux parents de les envoyer chez Masaki, disant que cela tremperait un peu leur caractère. Une histoire somme toute assez banale. Pour Araki et Sae qui ne voulaient pas reprendre l'affaire de leur famille mais n'avaient pas pour autant le cran d'aller s'installer ailleurs, le Cours représentait au début, semblait-il, une échappatoire à la pression familiale. Quoique, au moment où nous les rencontrâmes, tous deux soient déjà devenus de parfaits disciples de Masaki. Peut-être n'était-ce pas au même point que leurs aînés, mais les trois adolescents étaient dociles eux aussi. Tous faisaient mine de vouloir être coopératifs avec nous. Or, en vérité, ils nous considéraient comme des intrus. C'est ce que nous apprîmes plus tard de leur propre bouche.

Les activités du Cours de l'Eminence à ses débuts, comme Masaki nous l'avait dit, consistaient essentiellement en l'apprentissage des techniques de défense personnelle et d'investigation. Mais, en fait, les élèves passaient le plus clair de leur temps à pratiquer des exercices physiques de base. La défense d'accord, mais pourquoi voulez-vous enseigner l'investigation ? Comme vous le savez, nous répondait Masaki, nous vivons à l'heure de la guerre des renseignements. N'importe qui maintenant peut se procurer les informations les plus variées, grâce notamment à Internet. Il faut donc savoir être à la fois actif et expert en de nombreux domaines. Ce qui compte alors, c'est par exemple ce qu'on appelle dans le monde du renseignement la *human intelligency*, autrement dit l'habileté à récolter des informations délicates en entrant en contact avec les personnes les plus diverses. Cette réponse, visiblement, lui était venue pour la première fois à l'esprit pendant qu'il la formulait. Il faut dire d'ailleurs que, au bout d'un certain temps, le contenu de ses propos se modifiait très souvent. Quant à ce qu'il appelait l'apprentissage des techniques d'investigation, il ne consistait encore à cette date qu'en une mémorisation systématique de connaissances tous azimuts, sans la moindre valeur pratique. A l'évidence, Masaki n'était qu'un charlatan. C'est bien pourquoi tout ce qu'il pouvait raconter nous amusait tellement. Dans quel but avez-vous créé le Cours de l'Eminence ? La réponse à cette question connut une longue évolution. Dans un premier temps, il n'était question que de salle d'initiation aux arts militaires, sans autre but qu'une saine éducation de la jeunesse. Qui allait être par la suite un lieu d'entraînement pour le développement de l'esprit patriotique. Puis une école spécialisée qui devait permettre à ses élèves de tirer tous les avantages d'une société hautement informatisée. Plus tard, le Cours était devenu un établissement modèle qui n'en était encore qu'au stade expérimental et qui devait aboutir à la création d'une société de conseil pour la gestion des situations de crise, sur un large éventail allant du terrorisme aux sinistres naturels. Il s'en était tenu au bout du compte, je crois bien, à la formule suivante : Ceci entre nous, mais en vérité le Cours de l'Eminence est un organisme destiné à former des agents de renseignements, chapeauté par le bureau japonais de la CIA et le parti que vous savez. Et c'est une société américaine qui nous finance.

— Il est peut-être absurde aujourd'hui de vouloir comploter une réforme de l'Etat. Il n'est pourtant pas exclu que ça puisse marcher, pourvu qu'on s'y prenne intelligemment, en restant dans l'ombre et en y mettant le temps nécessaire. J'ai monté, moi, un plan qui devrait réussir à coup sûr. Enfin, mieux vaut garder ça secret pour le moment. Toujours est-il qu'on a beau dire que l'histoire se répète, ce n'est jamais que la forme qui se répète. Le contenu, ça peut toujours se corriger, pas vrai ? Ce qu'ont fait par exemple la Ligue du serment de sang qui exigeait de chacun de ses membres un assassinat ou les Brigades paysannes de la mort peut servir de modèle, parce que, justement, on sait pourquoi elles ont échoué. D'ailleurs, des modèles, il y en a à revendre maintenant. Etant donné que, des affaires de ce genre, il s'en produit à la pelle. Je procède régulièrement à des échanges d'informations avec les *hackers* des Etats-Unis. Que je leur lâche une bribe de mon plan et ils sont tous aussitôt prêts à en être. Ce ne sont rien que des sales petites ordures, qui ne rêvent que de faire la guerre. Et vous, où en êtes-vous ?

Voilà le genre de discours qu'il tenait face à la caméra. Il pavanait en tenue militaire, le cigare à la bouche, en se donnant des airs de parfait terroriste. Il faisait toujours preuve d'un aplomb imperturbable. Bien sûr, on pouvait penser qu'il en rajoutait pour répondre à l'intérêt de plus en plus grand que nous lui portions – quoique en même temps, petit à petit, son sourire béat allait en s'effaçant de son visage.

Au fond, je n'ai jamais bien su pourquoi il avait accepté de faire l'objet de notre reportage. Sans doute n'avait-il pas d'idée précise en tête. En tout cas, à l'époque où il nous avait rencontrés, même s'il pouvait apparaître à première vue comme un personnage qui agissait à dessein en nourrissant une ambition secrète, il n'était certainement rien de plus qu'un type à qui tout ce qui n'était entrepris que par simple lubie réussissait, grâce à un heureux concours de circonstances. A preuve, il n'arrêtait pas de parler. Je crois que Masaki n'a jamais véritablement eu de but. C'était comme cela que je le voyais tout au long de la période où nous commencions à tourner notre documentaire. Seulement, quand l'environnement se modifie l'homme change aussi. Son ambition avait dû prendre forme au fur et à mesure que notre reportage avançait. Mais, même alors, je suis sûr qu'en vérité, ce n'était pas grand-chose. Quant à nous, aucun n'avait de perspective précise sur ce qu'il allait bien pouvoir faire après ses études. Rien ne nous garantissait l'obtention d'un emploi dans le cinéma et quand bien même c'eût été le cas, nous étions déjà écœurés à l'idée de toutes les années de travaux subalternes qui nous attendaient. Bref, nous étions chacun gagnés par l'angoisse typique de l'étudiant en fin d'études qui se dit qu'on ne le laissera jamais tourner son propre film. Peut-être que, à l'instar d'Araki et de Sae, le Cours était un moyen commode pour nous aussi de fuir la réalité. Le caractère un rien irréel de la vie qu'il nous offrait avait, pour nous comme pour les cinq élèves, quelque chose de vraiment plaisant. Nous en tirions indéniablement un plaisir très particulier, auquel nous ne pouvions espérer goûter dans la vie ordinaire. Nous pouvions aussi nous donner l'impression d'observer la société du dehors. Et par-dessus tout, le Cours était un endroit rêvé pour nous qui étions portés sur la violence. Nous n'avions pas besoin pour cela d'idéologie dite "politique". Ce à quoi nous aspirions, c'était plutôt à une sorte d'archétype de bande dessinée (une autre forme d'idéologie) dans lequel nous nous imaginions, grâce à l'entraînement, devenir semblables à de puissants androïdes. Et c'est bien pour cette raison que le Cours a pu si vite diversifier ses activités.

Revenus à l'école après deux semaines de tournage, nous avons d'abord discuté. Une discussion dont le résultat, même s'il n'était pas facile de trancher, était joué d'avance. C'est Muranaka qui défendit avec le plus d'ardeur la décision à laquelle nous devions aboutir. Il lança à toute l'équipe un appel dont le contenu était en substance : Nous sommes loin de pouvoir prétendre avoir couvert la réalité de Masaki et de son Cours avec le matériel collecté pour notre film de fin d'études. Bien entendu, il nous faut terminer ce travail avant le jour de sa projection et nous atteler pour le moment à sa finition. Mais, après l'obtention du diplôme, pourquoi ne pas retourner auprès de Masaki et participer aux activités du Cours de l'Eminence, cette fois à titre d'élèves, pour réaliser un film plus complet ? Personnellement, même si vous n'êtes pas tous d'accord, je compte soumettre le projet à l'administration de l'école. Là-dessus, il nous exhorta à prendre en considération sa proposition. Au bout de quelques jours, il finit par obtenir l'accord de tous. Chose inattendue, Toyota et Yokoyama, qui étaient chargés du montage et étaient restés à Tokyo sans participer au tournage, annoncèrent leur participation tandis que Miyazaki, qui avait été le premier à défendre ce projet, se montra le plus réticent. Notre film (in)achevé de quarante minutes fut plutôt bien accueilli le jour de sa projection. En revanche, la réaction de l'école à notre nouvelle proposition fut mitigée et elle ne se montra pas très coopérative. Elle nous annonça que seuls nous seraient prêtés le matériel vidéo et l'équipement sonore, qu'aucune autre forme d'aide à la réalisation ne pouvait être envisagée, mais que ce genre d'initiative méritait d'être poursuivi autant que possible. C'était la réponse à laquelle nous nous attendions. Ainsi, après l'obtention du diplôme et une période de préparation d'environ trois mois, nous partîmes à nouveau tous les huit pour le Cours de l'Eminence, à titre cette fois de nouvelles recrues. Nous montrâmes à Masaki la copie vidéo de notre travail. Je ne sais jusqu'à quel point il était sincère mais il ne se retenait plus de joie.

C'est environ six mois après notre entrée au Cours que se produisit la première grave difficulté. Les élèves issus de l'école de cinéma s'étaient scindés en deux clans. L'un ne considérait la participation aux activités du Cours que comme la condition nécessaire à la réalisation du film documentaire tandis que l'autre envisageait d'ores et déjà ces activités comme un but en soi. Le premier se composait de Miyazaki, Yuza, Toyota et Yokoyama, le second de Muranaka, Mikami et Inoue. A mon grand embarras, les deux clans se mirent – sans doute parce que j'avais été l'initiateur de ce projet et que j'étais originaire du lieu – à attacher de l'importance au parti que j'allais prendre. Je n'avais d'autre choix que de garder une position neutre. Je ne partageais pas l'engouement de Muranaka pour Masaki, mais je commençais moi aussi à cette époque à m'impliquer sérieusement dans les entraînements qui, je devais le reconnaître, me permettaient d'acquérir toutes sortes de connaissances pratiques.

D'un autre côté, il ne faisait pas non plus de doute que nous n'avions pas à gâcher notre vie pour Masaki et son Cours qui allaient faire long feu, et que mieux valait terminer notre film et retourner sur le terrain du cinéma. Nous eûmes pendant deux soirées d'affilée des discussions sans parvenir à une solution et nous les reprîmes ensuite avec la totalité des élèves du Cours, sans plus de succès. Certains déclarèrent qu'ils laissaient tomber l'entraînement pour retourner à Tokyo – dont Miyazaki et Toyota qui, outre cette période, annoncèrent deux ou trois fois leur intention de se retirer. Masaki avait alors tranché le problème, je crois, en disant quelque chose comme : Vous venez à peine de terminer la première étape de l'entraînement, vous pouvez bien attendre d'être un peu plus avancés avant de prendre une décision.

30 juin (jeudi)

Cela a beau être un passé difficile à oublier, il est tout de même assez épuisant de vouloir le reconstituer en s'efforçant de se souvenir de choses qui datent d'il y a plus de cinq ans. Il doit forcément y avoir des passages qui ne collent pas avec les faits mais tant pis. Quand donc arriverai-je à il y a six mois ? Je suis déjà découragé à l'idée de tout ce qui me reste à relater. Continuons quand même.

*

Un portrait de Francis Walsingham était accroché au mur de la salle d'entraînement, le célèbre maître espion qui, dans l'Angleterre de la seconde moitié du XVIe siècle, protégea la reine Elisabeth en créant le premier véritable service de renseignements. Masaki l'avait trouvé dans un livre et en avait fait une photocopie agrandie. Nous devions chaque fois lui adresser une prière avant de commencer l'entraînement. A l'époque, Masaki avait l'intention d'étudier systématiquement les caractéristiques des renseignements de chaque pays. Fanatique de l'espionnage, il dévorait tous les ouvrages consacrés au sujet afin de déterminer l'orientation du Cours. Il avait une vénération sans faille pour les espions et citait les noms de célèbres agents, tels que Phylby, Hermann, Müller, Shen, Sorge, Cohen ou Velasco, en déclarant sans vergogne que le Cours devait former des talents de leur trempe. A ses yeux, l'espion représentait la fine fleur de l'humanité, chez qui, à l'excellence intellectuelle, à l'agilité et à la force spirituelle, s'ajoutait la maîtrise de connaissances et de techniques dans les domaines les plus variés. Aux espions, "l'ultime sophistication de l'esthétique humaine", de dominer le monde, pérorait-il, la CIA n'a pas à se gêner, puisque les imbéciles se contentent des Nations unies qui ne servent même pas à se torcher. Il semblait le penser le plus sincèrement du monde.

Masaki nous fit souvent part de ses antécédents mais il est difficile de savoir ce qu'il en était vraiment. Etant de grande taille et bien bâti, l'habit militaire lui allait bien, au point qu'on avait presque envie de le croire quand il prétendait avoir bourlingué plusieurs années à travers le monde et participé dans divers pays à des entraînements de commandos. De fait, il était incollable dans ce domaine. Le mordu de l'espionnage était donc aussi un passionné des questions militaires. Et c'est bien parce que les programmes d'entraînement qu'il préparait étaient toujours d'une précision irréprochable et d'une grande valeur pratique que nous avons pu suivre pendant plus de cinq ans cet obscur personnage, à l'évidence mythomane. Comme je l'ai déjà écrit, le contenu de l'enseignement avant notre participation ne différait guère de celui d'un quelconque centre de culture générale pour adultes. Si Masaki a commencé à y mettre du sien, cela était dû incontestablement à notre arrivée, mais je crois que ce qui compta surtout, ce fut la présence de Muranaka qui se proposa d'emblée de devenir son assistant et travailla activement comme son bras droit. De tous les élèves, c'est lui qui avait la meilleure mémoire, et il avait également l'esprit vif. Face à son éloquence, bien qu'ils fussent plus anciens, Araki et Sae ne pouvaient lui tenir tête et se retrouvaient à recevoir plus souvent ses instructions que celles du directeur. Cependant, pour m'exprimer à la façon de Masaki, Muranaka ne possédait pas l'équilibre que l'on pouvait attendre d'un espion. Il manquait d'agilité et était mentalement un peu instable. A mes yeux, de tous, c'était Inoue le mieux équilibré.

Comme je viens de le noter, le passé de Masaki était obscur. Ce qui sortait de sa bouche, ce n'étaient que des histoires comme quoi, par exemple, il aurait aidé la KCIA dans l'enlèvement de Kim Dejun, ou assisté au démontage du

Mig 25 à la suite de son atterrissage forcé sur l'aéroport de Hakodate. Il aurait été aussi inspecteur de la police secrète, et cela, nous l'avions cru au début. Il prétendait avoir été contraint de démissionner bien qu'il eût aimé continuer ce travail. Pour la raison suivante. Il était entré en contact, en dissimulant ses fonctions et dans le but d'en faire un espion, avec un étudiant qui appartenait à une association civile de mouvance pacifiste et antinucléaire qui faisait alors l'objet d'une surveillance. Puis, apprenant entretemps que le père de celui-ci, directeur d'une agence de société de crédit mutuel, était accusé de malversations, il avait changé de cible. Masaki aurait promis à ce dernier de fournir des informations sur les autorités qui enquêtaient à son sujet, et tenté en contrepartie de lui soutirer plusieurs dizaines de millions de yens. Or ses agissements furent découverts par ses supérieurs et, bien que l'arrestation lui fût épargnée grâce au secret, il avait été obligé de donner sa démission. Inoue m'apprit plus tard que cette histoire aussi était une invention. Il avait en effet découvert un article relatant une affaire similaire dans une revue que lisait alors Masaki. Néanmoins, pour ce qui est de sa manière de gagner sa vie, cela ne devait pas être si éloigné de la réalité. Je ne l'ai jamais vu avoir des problèmes d'argent. Il s'absentait plusieurs fois par mois pour “affaires” et éludait toujours les questions qui avaient trait à ses revenus. Sans doute avait-il été par le passé escroc ou agitateur d'assemblée générale d'actionnaires, quelque chose dans ce goût en tout cas.

Nous nous chargions de temps en temps, à la demande des habitants de la ville, de menus travaux d'homme à tout faire ou d'agence de renseignements. C'était comme cela que nous voyaient les gens du coin. Mais ces offres étaient plutôt rares et l'argent gagné servait entièrement à alimenter les caisses du Cours. Nous devions donc subvenir à nos propres besoins. Et suivre nos entraînements. Aussi nous partageâmes-nous en deux équipes, l'une se consacrant aux entraînements et l'autre travaillant, en alternance tous les trois jours. Pour éviter que ne se forment à nouveau deux clans opposés, elles furent recomposées toutes les trois semaines. Nous allions travailler principalement dans les vergers, la station-service et le supermarché du coin. Les jobs dans les vergers, c'était le duo des aînés de famille de cultivateurs, Araki et Sae, qui nous les dégotaient, mais eux-mêmes évitaient autant que possible d'y participer en dehors de la saison des récoltes (quant au trio d'ados – Isobe, Eshita et Kitagawa –, ils n'avaient pas à travailler puisque leurs parents se chargeaient de tous les frais). Ces petits boulots, qui représentaient pour nous l'une des rares occasions de nous éloigner du Cours et d'avoir des contacts avec l'extérieur, nous aidaient à préserver une certaine disponibilité d'esprit. Le travail le plus apprécié était celui au supermarché. Pour une raison bien évidente : ce lieu où nous faisions les achats de nourriture et d'articles divers nécessaires à la vie quotidienne nous servait aussi à lier connaissance avec le personnel féminin et les clientes. Masaki disait que travailler dans les champs ou entretenir des voitures n'était pas une mauvaise chose mais que, tant qu'à faire, mieux valait trouver place dans des ateliers ou des usines où l'on pouvait manier des machines spéciales. Autrement dit, tout pouvait tenir lieu d'exercice. Et, indéniablement, tout ce qui faisait alors notre existence dans cette ville avait valeur d'entraînement. D'ailleurs, aujourd'hui encore, cela continue d'être vrai pour moi : la vie quotidienne dans tous ses aspects sert à me perfectionner.

Les leçons consistaient pour l'essentiel en l'acquisition des techniques et méthodes de close-combat – dont la lutte, la capture, le meurtre et le maniement des armes à feu –, de l'infiltration en terrain ennemi, de l'utilisation des explosifs, des appareils de transmission et des produits toxiques, de la survie, des premiers secours, de la fabrication et du déchiffrement des codes secrets, du déguisement, de l'écoute, de la filature et du guet, de l'analyse des informations. Nous nous efforçâmes autant que possible de nous pourvoir de tout ce dont nous avions besoin pour ces enseignements mais étant donné que, pour les armes à feu et les matériaux nécessaires à la préparation des explosifs, nous nous exposions à toutes sortes de risques si nous cherchions à nous en procurer en grande quantité, c'est petit à petit que nous en fîmes l'acquisition. Nous apprîmes également à économiser les munitions de façon systématique. Après avoir un temps eu recours à des répliques, nous parvînmes finalement à réunir un S & W M-36, deux Beretta M-92 S-1, un Makaroff Pb, un H & K MP-5 SD-3, trois AKM, deux AK-74 et une carabine Mark V. Parmi ces armes, c'était de loin le MP-5 SD-3 qui remportait notre préférence. Parce qu'il en jetait et qu'en plus la série des MP-5 était très souvent utilisée dans les récents films d'action hollywoodiens. Bien que couverts par le budget de gestion du Cours, ces achats représentaient de grosses dépenses et pour certaines armes, nous eûmes beaucoup de peine à nous les procurer. Mais, hantés que nous étions, à mesure que nous progressions dans notre entraînement, par ce que Masaki appelait “l’ultime sophistication de l’esthétique humaine”, nous étions prêts à tous les sacrifices pour parfaire nos activités. Nous avions en somme complètement perdu la boule et plus rien ne pouvait nous arrêter. Naturellement, il devenait dès lors impossible de filmer tout ce qu’entreprenait le Cours. Mais aucun de nous ne soulevait plus désormais la question, qui nous avait pourtant tant préoccupés auparavant, de savoir s’il fallait choisir la réalisation du film au détriment du Cours ou le contraire (nous allions même, plus tard, dans le but de dissimuler la vérité sur nos activités, subtiliser à l’école de cinéma, avec quelques autres bobines sans aucun rapport, l’épreuve et la copie de notre film de fin d’études). Les raisons pour lesquelles Miyagi et Toyota annoncèrent leur intention de se retirer ne concernaient que la dureté de l’entraînement et le manque de loisirs – problème qui fut réglé sans difficulté par une révision appropriée de nos emplois du temps. Il ne venait par contre à l’esprit d’aucun d’entre nous de faire mention du caractère illégal de nos activités.

Nous allions souvent dans les cafés et les bars fréquentés par les forces d’autodéfense. Pour deux raisons. La première, c’était de trouver des militaires susceptibles de nous fournir des informations. La seconde, de nous battre avec eux. Nous appelions cela des exercices menés de concert avec l’armée de terre des forces d’autodéfense. Il allait de soi que nous ne pouvions progresser si nous nous contentions de nous exercer seulement entre nous. Pour espérer parvenir à une vraie maîtrise des techniques de la lutte, il nous fallait de vrais combats. Donc, des adversaires. Mais ce qui éclata alors au grand jour, ce fut tout simplement notre amateurisme. Nous ne cessions de perdre au cours de ces échauffourées. Moi, Inoue, Araki, Isobe et Eshita, nous finîmes au bout du compte, avec beaucoup de peine, par l'emporter mais les huit autres ne parvinrent pas à être au point. Nous procédions à intervalles réguliers à ces exercices en prenant parfois pour adversaires des étudiants sportifs. Il apparut ainsi clairement que, même si, à l'évidence, le niveau du Cours allait en s'améliorant dans son ensemble, ces huit élèves au fond n'étaient pas faits pour la lutte. Hormis Inoue qui était brillant dans l'ensemble des matières, les aptitudes et inaptitudes de chacun se firent de plus en plus évidentes, de sorte que chacun eut tendance à vouloir s'entraîner de manière intensive dans les seuls domaines où il excellait. Dans mon cas par exemple, je me sentais à l'aise dans le close-combat mais je ne l'étais guère dans l'analyse des informations. Ce qui continue d'ailleurs à me poser des problèmes aujourd'hui encore.

Parmi les matières auxquelles Masaki tenait, il y avait la rédaction des rapports. Je crois me rappeler qu'il avait exposé les raisons de l'importance qu'il y attachait mais que ce n'était rien de bien convaincant. Ou plutôt, disons que j'ai complètement oublié ce qu'il avait pu raconter à ce sujet. Je me souviens en tout cas qu'il nous en faisait écrire à tout bout de champ. Il nous y obligeait avant de passer aux exercices pratiques, sans doute pour vérifier que nous avions correctement assimilé le contenu de chaque cours. Il ne s'agissait cependant pas d'une simple activité complémentaire à la leçon. Nous n'avions pas seulement à rédiger un procédé de fabrication d'un explosif par exemple, nous devions élaborer un récit minutieux. Le travail consistait à procéder, dans les conditions préalablement définies par Masaki, à la simulation de machinations ou d'opérations de combat, et à en rédiger le compte rendu. La forme était libre mais la précision était requise. Il nous fallait saisir de la façon la plus détaillée possible le déroulement des faits et en donner un récit concis. Les élèves issus de l'école de cinéma rendaient des copies écrites dans le style du scénario auquel ils étaient rompus, mais Masaki les appréciait peu. Il les trouvait trop sommaires. En revanche, les mangas de Sae qui était doué en dessin avaient ses faveurs. Il exigeait, si je me souviens bien, une description approfondie des personnages qui livre aussi leur psychologie, en affirmant qu'il fallait savoir s'identifier totalement à un autre personnage que soi, et imaginer le plus grand nombre possible d'événements susceptibles de se produire. Bref, la rédaction de ces rapports était aussi destinée à renforcer l'imagination des élèves. Il me semble encore qu'il dénonçait, comme une caractéristique commune à l'ensemble des travaux rédigés par ses élèves, un manque de vigueur dans la description des sensations physiques. Oui, je me rappelle maintenant qu'il répétait à tout bout de champ que c'était là la preuve que nous négligions habituellement de sentir à vif le mouvement des choses, et de traduire en pensée ces sensations.

L'enseignant Masaki ne cessait de compléter les connaissances qu'il possédait par d'autres qui appartenaient à des domaines qui lui étaient encore inconnus et il nous les transmettait tout en continuant de participer avec nous aux entraînements. Il ne devait pratiquement pas dormir. C'était assurément, comme disait ma mère, un phénomène, une force de la nature qui ne connaissait pas la fatigue. Sa préférence allait aux exercices de survie. Comme ceux de la lutte, ils étaient organisés régulièrement et en toutes saisons. Les participants se divisaient entre, d'un côté, le fugitif qui allait se cacher seul dans les montagnes et, de l'autre, les deux qui se lançaient à sa poursuite. Cela durait entre trois jours et une semaine. Un peu comme si nous partions faire du camping. Il m'était arrivé plusieurs fois de former avec Masaki l'équipe des poursuivants. Un prix était offert parfois à celui ou ceux qui l'emportaient et il était donc exceptionnel de faire paire avec le directeur, mais Masaki tenait, je ne sais pourquoi, à ce que ce soit avec moi. J'ai pu à chaque fois admirer sa capacité à reconnaître les plantes comestibles, la précision avec laquelle il dressait les pièges pour attraper des animaux, et la très grande variété de ses recettes pour les cuisiner. Les pièges pouvaient être dangereux pour les autres élèves, aussi évitait-il l'emploi de lames et se contentait-il de simples collets. Il connaissait bien les habitudes des animaux, et la plupart du temps un gibier s'y trouvait pris, tantôt un lapin, tantôt un écureuil. L'idée me vient maintenant en écrivant ces lignes que si Masaki voulait tant faire équipe avec moi, c'était peut-être dans l'intention de me faire dire quelque chose. Car les occasions de se retrouver en tête à tête avec l'un de ses élèves étaient rares. Auquel cas, aurais-je, sans m'en rendre compte, lâché les informations qu'il voulait obtenir ? Ou cela aussi faisait-il partie de l'entraînement ?

1er juillet (vendredi)

Je me suis endormi hier soir tandis que j'essayais de me rappeler ce que nous nous racontions au cours des exercices de survie, Masaki et moi. Lamentable, vraiment. La question reste donc en suspens, mais vouloir continuer à y réfléchir serait une perte de temps et je préfère avancer.

*

Après avoir terminé le cycle des entraînements de base, nous sommes passés à la pratique concrète de l'espionnage. Ce qui correspondait à quelque chose comme la réalisation de courts métrages pour l'école de cinéma. L'investigation portait sur l'ensemble de la ville. Pour commencer, nous plaçâmes des écoutes un peu partout. Les cibles avaient été choisies en consultant le plan et le bottin téléphonique, arbitrairement en plusieurs points de chaque bloc, et à chacun fut attribuée une zone délimitée. Nous risquions évidemment, les natifs du coin – Araki, Sae, Isobe, Eshita, Kitagawa et moi –, de tomber sur des parents ou des amis d'enfance, mais cela ne paraissait gêner personne. Les ados étaient au contraire ravis et manifestaient le plus grand enthousiasme. Le plus partant était Kitagawa. Il avait continué de refuser d'aller au lycée pour s'investir complètement dans les activités du Cours, et avait même fini par abandonner les études. L'apprentissage des techniques de l'écoute était devenu pour ainsi dire sa raison de vivre, et nous le traitions comme un expert dans ce domaine. Ce garçon, qui, depuis l'école primaire, avait toujours été persécuté par ses camarades semblait prendre cette activité pour un moyen de vengeance. Suite à sa suggestion, nous appelâmes "travaux de canalisation" cette opération d'écoute à grande échelle, clin d'œil aux "plombiers" du Watergate. Même si les "travaux" dans notre cas ne consistaient pas à colmater les fuites mais à trouver partout, pour les percer, des "tuyaux".

J'y pris plaisir moi aussi. Néanmoins, ce qui m'amusa, ce ne furent pas tant les "travaux" d'installation des écoutes que les activités qui s'ensuivirent. Ma curiosité de voyeur était certes excitée, d'autant que je m'étais déjà fait une petite idée des relations que pouvaient entretenir entre eux les habitants de la ville, mais ce que je trouvais surtout intéressant, c'était de voir une multitude d'informations s'incruster à la manière d'un puzzle dans le châssis que formait la ville et se lire comme un récit. Nous avions déjà, bien avant ces "travaux de canalisation", récolté diverses informations sur les lieux où nous allions travailler. Celles-ci classées par genres, nous parvînmes en les complétant par les nouvelles données – sans nous soucier de véracité car elles comprenaient nombre de ragots – à remplir toutes les cases manquantes de notre cartographie. De sorte que nous avions l'impression d'obtenir une image de l'ensemble de la ville plus dense et plus nette encore. Mais peut-être est-ce là embellir un peu trop l'affaire.

Toujours est-il que ces informations, recueillies pendant les “travaux de canalisation” ou avant, représentaient un matériau profitable à bien des égards. Nous décidâmes de les exploiter afin de procéder à un certain nombre d'expérimentations dans l'étape suivante. Nous essayâmes de manipuler un brin la situation politique de la ville et les relations de ses habitants. La campagne électorale par exemple. Mais cette tentative devait échouer. Nous avions mis au point un plan destiné à faire perdre le maire alors en fonction, dont la réélection était donnée pour certaine. Répandre des rumeurs, gêner les activités des militants, paralyser les activités du bureau électoral, bloquer les informations nuisibles au rival et diffuser celles qui lui étaient avantageuses. Chacun s'essaya à ces divers stratagèmes en utilisant le réseau qu'il avait personnellement mis en place, mais là encore, une fois de plus, ce fut notre amateurisme qui éclata au grand jour. Cela avait été dû aussi sans doute au faible taux de participation au scrutin, mais nous en avions finalement trop fait. Nos agissements ayant petit à petit fait surface, la rumeur s'était répandue avant le jour des élections que le candidat rival était à leur origine, et un grand nombre d'habitants furent abusés. Nous fûmes terriblement découragés par cet échec.

Nous étions bien contraints, après avoir échoué dans la manipulation de la campagne électorale, de réduire l'envergure de nos opérations. De ce premier grand échec, il ne nous resta plus que de la petite méchanceté. Nous allions en effet nous rabattre ensuite sur le stupide projet d'augmenter le taux des divorces. C'est Araki, le plus âgé parmi les élèves, qui fut à l'initiative de ce plan qui consistait à prendre pour cible deux ménages et à les acculer à la rupture grâce à une intoxe menée de concert par nous tous. Pour lui qui avait déjà essuyé deux refus de mariage, c'était une façon de vider sa rancune. Les cibles choisies furent d'une part un jeune ménage dont nous savions préalablement que le mari et la femme entretenaient chacun une liaison extraconjugale, de l'autre un couple qui venait de se marier il y avait à peine six mois, sans enfants dans les deux cas. Les deux opérations furent conduites simultanément et le résultat fut pour la première cible que l'on découvrit que la femme était enceinte de son amant, sans pour autant que cela entraîne le divorce. Quant à la seconde, ce fut le mari qui fut pris de légers troubles psychologiques nécessitant un traitement, mais les choses en restèrent là. Notre plan, cette fois encore, n'avait pas abouti. Toutefois, quand nous sûmes que Kitagawa, l'ancien souffre-douleur spécialiste des écoutes, préparait secrètement un grand projet de vengeance après avoir terminé les “travaux de plomberie”, nous lui vînmes aussitôt en aide et ce coup-ci tout se passa bien (il semble décidément que, dès cette époque, mon destin était d'accompagner des tiers dans leur vengeance). Les cibles étaient trois camarades de classe de l'époque du collège qui l'avaient particulièrement tourmenté. Voici les principaux résultats auxquels nous parvînmes. D'abord, les pères de deux d'entre eux perdirent leur emploi et celui du troisième eut un accident de voiture dont il se tira par chance avec seulement des blessures légères, guéries après une semaine d'hospitalisation – le véhicule, en revanche, fut envoyé à la casse. Quant aux ex-camarades de classe eux-mêmes, ils furent une première fois passés à tabac par moi, Isobe et Eshita qui nous étions déguisés. A une autre occasion, après les avoir capturés un par un, on leur fit fumer de l'herbe puis inhaler du gaz chloromycétine et, là-dessus, Kitagawa, masqué, les tortura à l'aide d'une matraque électrique d'une puissance de quinze mille volts. Endurci qu'il était par les nombreux entraînements suivis au Cours, il sut admirablement se défaire du personnage de souffre-douleur qu'il avait été jadis, et nous ne pûmes nous empêcher d'applaudir en le voyant torturer ses anciens bourreaux avec une aussi calme détermination. Par la suite, les trois passèrent entre les mains de Miyazaki qui les utilisa comme cobayes pour ses exercices personnels de sodomie.

Nous étions certes parvenus à agir avec plus de vigilance après nos deux échecs, nous n'en restions pas moins, quant au contenu de nos activités, une bande dérisoire de joyeux drilles. Je crois néanmoins que cette série d'exercices avait représenté un entraînement valable puisque, au bout du compte, nous allions réussir à dérober un objet de très grande valeur à une importante organisation yakuza.

2 juillet (samedi)

Je me suis efforcé jusqu'à hier de retracer aussi brièvement que possible le cours des événements passés mais, étant donné qu'il s'agit de faits qui s'étendent sur cinq ans, je crains de n'avoir guère réussi à les résumer convenablement et d'avoir omis nombre de choses importantes dont j'aurais dû me souvenir. J'ai eu recours à mon imagination là où ma mémoire faisait défaut, et il doit y avoir quant au détail bien des passages en contradiction avec les faits. Cinq jours sont passés depuis l'accident mais, pour le moment, il n'y a rien de spécial à signaler et je n'ai pas non plus de nouvelles d'Inoue. Je m'intéresse actuellement à la fille de Mme Sakata, Ayako, bien plus qu'à ces histoires du Cours. Ce que j'aimerais être délivré de cette situation entre deux chaises ! En tout cas, que ce soit la clique de Muranaka ou les yakuzas qui aient provoqué "l'accident", il ne fait pas un pli que Masaki en prison et le plutonium 239 disparu on ne sait où sont à l'origine de toute l'affaire.

La mascarade montée contre les yakuzas à titre de synthèse de l'ensemble des exercices menés jusque-là fut indéniablement une grande réussite, malgré les quelques modifications auxquelles nous fûmes contraints en cours de route. Mais je n'arrive toujours pas à ôter en moi le soupçon que nous nous étions fait manipuler par Masaki. Il refusait de révéler ce qu'il comptait faire avec le plutonium 239 dont nous nous étions emparés et où il l'avait caché. Il est clair comme le jour que, dès cette époque, il avait une idée derrière la tête. Aurait-il par hasard songé sérieusement à un plan de réforme de l'Etat ? Le pauvre vieux pédophile !

*

Au début, il ne s'agissait que d'enlever le patron d'une société de financement immobilier et d'en obtenir une rançon. Il est temps de se faire une idée claire de nos capacités après plus de trois ans d'entraînement intensif, avait déclaré Masaki en guise de préambule. Il s'était déjà procuré toutes sortes d'informations au sujet de la cible. Il nous expliqua notamment que cette société entretenait des relations privilégiées avec l'organisation yakuza qui contrôlait toute la région et que, si nous nous y prenions intelligemment, nous n'aurions pas à craindre que la police s'en mêle car nous disposions de notre côté de nombre d'informations compromettantes pour le patron si elles étaient divulguées. Néanmoins, étant donné que le champ des opérations se situait sur le territoire d'une autre préfecture, il nous restait encore bien des points à vérifier et quantité de tâches à accomplir, comme de s'assurer d'une cachette par exemple. C'était, à l'évidence, une opération des plus risquées qui débordait totalement du cadre des activités d'un cours privé et il ne faisait pas de doute que, infailliblement, elle allait engager nos vies sur un périlleux chemin que nous ne pourrions plus espérer rebrousser. Aussi les élèves se partagèrent-ils entre partisans du plan qui manifestèrent le plus grand enthousiasme et récalcitrants qui ne cachèrent pas leur profond embarras. Les premiers étaient Muranaka, Mikami, Araki, Isobe, Eshita, Kitagawa et Inoue. Les autres, Miyazaki, Yuza, Toyota, Yokoyama, Sae et moi. Après discussion, il fut jugé qu'une participation rétive ne pouvait qu'accroître les risques encourus et par conséquent décidé qu'elle ne serait pas obligatoire. Bien entendu, il n'y aurait pas de partage du butin pour les non-participants. Tout le monde eut une semaine pour réfléchir.

Il n'y eut ni job ni entraînement pendant cette semaine. C'était la première fois depuis que nous étions entrés au Cours que les élèves prenaient ainsi tous en même temps un congé de longue durée. Les partisans du plan restèrent auprès de Masaki tandis que les autres s'en éloignèrent. Certains rejoignirent leur petite amie, d'autres leurs parents. Le règlement stipulait que les élèves qui avaient une permission, au cas où ils ne reviendraient pas dans les délais impartis, seraient considérés comme fugitifs et punis en conséquence. Chacun savait donc à quoi il s'exposait en prenant la fuite. Sans doute Masaki avait-il autorisé ses élèves à s'absenter parce qu'il était persuadé que, rompus qu'ils étaient aux techniques de manipulation des informations, ils sauraient tenir leur langue et avoir le réflexe de choisir leurs mots dès qu'ils avaient affaire à quelqu'un d'extérieur, fût-ce quelqu'un de la famille ou un ami proche. Son jugement se révéla juste. Aucun de ceux qui s'absentèrent ne prit la fuite, ni ne révéla le secret. Plutôt par crainte du châtiment, je crois, que grâce à l'entraînement.

Je retournai dans ma famille pendant ce congé. Ce qui n'avait rien d'extraordinaire puisque, comme Sae avec la sienne, il m'arrivait souvent, même en temps normal, d'y faire un passage. Du reste, Masaki venait toujours aussi souvent y prendre ses cafés et mes parents qui, dans une certaine mesure, étaient déjà tenus par celui-ci au courant de la vie des élèves ne me posèrent guère de questions. Naturellement, ni mon père ni ma mère n'avaient la moindre idée des activités réelles de leur fils. Ils s'inquiétaient plutôt de mon retour à Tokyo après le tournage (que nous avions, comme je l'ai déjà écrit, depuis belle lurette abandonné). J'étais revenu dans ma famille simplement par désir de m'éloigner du Cours et je comptais prendre la décision de participer ou non au plan une fois la semaine écoulée. Or, à force de me retrouver ainsi, plus souvent que lors de mes précédentes visites, nez à nez avec mes parents, de revoir les anciens amis ou de sortir avec la caissière du supermarché avec qui je m'étais lié quand j'y travaillais, j'étais de plus en plus gagné par le sentiment que nous n'appartenions plus à la même temporalité, que l'écart qui nous séparait ne cessait de se creuser. Je ne pouvais m'empêcher de me dire que, avant même de prendre ma décision, j'avais atteint un point de non-retour. Je m'étais profondément impliqué dans les activités du Cours et, que je choisisse ou non de participer au plan, je ne pouvais plus désormais prétendre y être étranger.

Sae et moi rejoignîmes le groupe des sept participants qui passa ainsi à neuf. Les quatre qui refusèrent d'en être sont les mêmes que les victimes du prétendu "accident". Pour le moment, je ne sais si c'est une coïncidence. Ceux-là, finalement, demeurèrent au Cours et furent chargés d'assurer les arrières. Sae était resté d'abord indécis quand Masaki avait annoncé son plan. Il se faisait du souci, semblait-il, au sujet de sa famille. Mais, revenu auprès de ses parents, il aurait surmonté ses réticences en apprenant que son frère cadet allait quitter la société dans laquelle il travaillait pour reprendre l'affaire de la famille. Les participants voulaient tous mesurer leurs vraies capacités. C'était aussi mon cas. Nous voulions avoir des critères tangibles pour savoir jusqu'à quel point nous nous étions rapprochés du prétendu état de "créature suprême". Les paroles de Masaki exerçaient encore sur nous toute leur séduction.

Nous nous infiltrâmes d'abord en terre ennemie durant trois mois pour vérifier systématiquement l'infrastructure du groupe yakuza lié à notre cible. Nous étions parfaitement habitués à ce genre d'exercice depuis nos "travaux de canalisation" et parvînmes à mener à bien toute l'investigation sans la moindre difficulté. Au cours de l'une de nos réunions, Muranaka rapporta qu'il y avait deux jours fixes dans le mois où la cible et le chef du groupe yakuza se rencontraient. Nous adoptâmes donc sa proposition de choisir l'un de ces deux jours pour l'exécution de notre plan. Puis il précisa que le lieu de rendez-vous différait chaque fois mais qu'il suffisait de procéder à l'enlèvement sur le chemin que la cible emprunterait pour s'y rendre, et de négocier aussitôt après avec les yakuzas pour éviter toute alerte à la police. Il suggéra également que nous pouvions – puisque nous étions parfaitement au courant de l'organisation du groupe yakuza, et malgré les risques supplémentaires que cela pouvait présenter – perturber systématiquement leur réseau et paralyser complètement leur action en transmettant par exemple de fausses informations à la police, et que tout se déroulerait alors au mieux. Nous passâmes donc aux préparatifs en nous conformant au plan de Muranaka. Or, après une nouvelle analyse des informations collectées, Inoue fit observer qu'il y avait peu de chances qu'une négociation soit acceptée par les yakuzas qui préféreraient certainement laisser choir la cible. Nous dûmes donc tout reconsidérer. Selon Inoue, la divulgation des informations que nous possédions ne pouvait faire ni chaud ni froid à la pègre, et seul le patron serait mis en difficulté. Il soutint que c'était plutôt le chef yakuza qu'il fallait enlever. Masaki fut le premier à approuver cette audacieuse proposition. Et il fut aussitôt décidé que ce serait lui que nous enlèverions. Il semble que Masaki était déjà alors en possession de l'information selon laquelle le clan avait eu quelques mois auparavant, lors de transactions, des litiges avec une organisation étrangère de trafiquants, et s'était vu contraint pour les apaiser de leur acheter au prix fort du plutonium 239 que depuis il gardait entreposé secrètement dans le bureau du syndicat du port sans trop savoir qu'en faire.

Parmi les raisons de notre réussite, il y avait le fait que, la nouvelle cible étant à l'époque en pleine lutte de pouvoir au sein de son organisation, ses hommes réagirent vite et dans le secret d'un bout à l'autre des négociations pour éviter de se retrouver en position de faiblesse face au clan adverse. C'était bien ce que nous visions. D'ailleurs, après une analyse des informations obtenues à la suite de l'opération, nous pûmes nous assurer que, même si des recherches pour retrouver les auteurs de l'enlèvement continuaient à être menées discrètement, les membres au fait de l'affaire dans l'organisation n'étaient qu'une poignée. Quant au chef, très sûr de lui, il se promettait de nous retrouver un jour et de nous tuer tous. Pendant sa détention, nous lui avions par précaution administré de l'atropine afin d'affaiblir son jugement. Si tout se passa très vite une fois les négociations engagées, nous étions par contre un brin nerveux au moment du rapt lui-même, durant lequel nous avions même quelque peu lambiné. L'opération consistait d'abord à attendre à un sens interdit la voiture du chef yakuza – en route pour son rendez-vous avec le patron de la société financière –

en bloquant la circulation dès que nous nous étions assurés que le véhicule s'y était engagé, et, au moment où il s'apprêtait à dépasser notre véhicule stationné sur le côté, à démarrer doucement de façon à barrer le chemin et la contraindre à nous rentrer dedans. Puis à nous assurer que le chauffeur ou un autre passager en descendait pour sortir à notre tour et retenir son attention (au cas où c'était la cible qui surgissait, nous procédions directement à l'enlèvement), enfin, à nous faufiler par-derrière dans la voiture des yakuzas en braquant sur eux les pistolets, à démarrer après avoir transféré leur chef dans la nôtre, et à prendre la fuite en nous emparant par la même occasion de leur véhicule. La question qui nous préoccupait était de savoir de combien des siens celui-ci était accompagné. Nous savions qu'il se rendait toujours à ses rendez-vous dans une seule voiture, mais le nombre des passagers variait chaque fois. S'ils étaient plusieurs outre le chauffeur, il se pouvait très bien qu'un teigneux se mette brusquement à nous tirer dessus. Ce qui aurait compliqué un peu notre tâche. Mais, par chance, il n'était ce jour-là accompagné que de son chauffeur. Un type du reste particulièrement coléreux. Araki à peine sorti de la voiture après la collision, il s'était jeté sur lui en vociférant des injures d'une telle virulence que nous en étions restés un instant pétrifiés, réalisant que nous avions en face de nous un authentique yakuza.

Les négociations se firent directement avec le directeur de la société financière, toujours par l'intermédiaire de Masaki. La rançon passa ainsi, on ne sait trop comment, des deux cents millions de yens prévus initialement à quatre-vingt-cinq millions plus la bombe. Arrivés au port où la rançon devait nous être remise, nous fûmes un peu interloqués de nous voir confier, outre la valise qui contenait le liquide, une mallette en duralumin dans laquelle se trouvait une lourde boule plaquée de plastique d'un diamètre de soixante centimètres environ. Mais nous dûmes obéir à Masaki qui nous fit signe de la transporter dans la voiture sans manifester le moindre étonnement (pour l'anecdote, nous avions placé dans un immeuble situé à trois cents mètres de là Inoue en tireur embusqué, accompagné de Sae en observateur, afin de parer à une éventuelle attaque-surprise). Déclarant que l'on avait réussi à mettre la main sur un sacré objet, Masaki jubilait comme un gamin dans la voiture. C'est alors qu'il nous expliqua pour la première fois qu'il s'agissait de plutonium 239 traité pour une explosion. Franchement, j'en restai éberlué. Je n'en revenais pas de voir une bombe atomique, qui avait jadis tué une masse si importante de gens, passer cette fois avec une facilité aussi déconcertante entre les mains de personnes privées.

Je ne sais si cette boule plastique que nous avions récupérée était une vraie bombe atomique. S'il s'agissait effectivement d'un objet que les yakuzas avaient été contraints d'acheter à l'organisation étrangère des trafiquants, cela renforçait considérablement le soupçon. N'est-ce pas parce que justement c'était un faux que cette organisation, profitant du différend, les avait obligés à en faire l'acquisition ? Cette boule n'était peut-être tout simplement que bourrée de déchets radioactifs (ce qui en faisait déjà une arme meurtrière suffisamment redoutable). Quelle qu'elle fût, pour en vérifier l'authenticité sans en défaire l'enveloppe de plastique, il ne restait qu'à la faire exploser. Ce qui était évidemment exclu. On peut même se demander si cette marchandise, sous le nom de bombe atomique, ne serait pas passée indéfiniment de main en main à travers les réseaux de vente clandestine du monde entier sans que jamais personne ne puisse s'assurer de son authenticité.

3 juillet (dimanche)

Je crois que je vais aujourd'hui enfin pouvoir finir de relater mon passé. J'ai malheureusement un peu mal à la tête mais cela reste encore dans des proportions supportables, aussi vais-je essayer de me débarrasser rapidement de ce travail. Dehors, il pleut des cordes.

*

L'arrestation de Masaki eut pour conséquence la dissolution du Cours de l'Eminence. Ce n'est pas l'enlèvement du chef yakuza qui fut découvert. L'inculpation n'avait rien à voir avec nous, ni même avec le Cours, elle ne concernait que les activités personnelles de Masaki. Il avait un certain penchant. Qu'aucun de nous ne soupçonnait. J'aurais pu pourtant, moi tout au moins, le deviner si j'avais mieux su analyser sa conduite. J'étais le mieux placé pour le savoir. Comment se fait-il que cela m'ait échappé ?

L'arrestation, au fond, vint à point nommé. L'unité des élèves se défit très rapidement après l'enlèvement qui fut de fait notre dernier exercice. Ce qui avait été le facteur décisif de cette désunion, je crois, c'était d'être passés à l'exécution du projet en maintenant la séparation entre participants et non-participants. Les quatre élèves qui formaient le groupe des récalcitrants, tout en s'abstenant de le dire directement, pensaient qu'il était temps pour chacun d'entre eux de quitter le Cours, tandis que les plus fidèles à Masaki, comme Muranaka, Mikami et Araki, parlaient de donner plus d'envergure au programme des activités et de renforcer l'armement. Ces derniers se réunissaient souvent entre eux comme pour faire savoir qu'ils n'avaient plus besoin de l'accord de tous les élèves. Muranaka en profita pour suggérer d'instaurer des grades dans l'organisation et d'utiliser pour la propagande une partie du budget de gestion qui s'était considérablement renfloué grâce à la rançon, ce qui entraîna de fréquentes prises de bec entre eux aussi. Il avait déjà avancé plusieurs fois ces propositions auparavant mais elles avaient été chaque fois considérées comme prématurées et rejetées. L'introduction de grades fut à nouveau refusée à cause de l'opposition de Masaki, quant à l'emploi du budget, on s'en tint à l'achat d'une caméra 35 millimètres en vue de réaliser un film publicitaire. Force est de reconnaître que Masaki avait été un chef brillant quand on pense qu'il n'y eut – même si Miyagi et Toyota avaient été à plusieurs reprises sur le point de se retirer – aucune défection au Cours tout le long de ces cinq années. A moins que ce ne soit nous qui ayons été trop naïfs.

Masaki fut arrêté dans un champ de pommiers. En flagrant délit. Il se livrait à des attouchements sur une gamine en troisième année d'école primaire. La fille de ma cousine Yuko. Il avait beau avoir enduré avec ses élèves les entraînements les plus durs, participé à nombre d'activités des plus dangereuses, il semble qu'il perdait toute vigilance quand il s'adonnait à ses plaisirs. Assailli par plusieurs agents de police, le pénis dehors, à moitié en érection, il serait resté planté là sans chercher à s'enfuir. Lors de la perquisition du Cours, toute chose compromettante, les armes à feu comme la bombe, avait déjà été cachée ailleurs et il n'y eut aucun problème. En revanche, on découvrit dans le pavillon qui servait de logement à Masaki une montagne d'objets témoignant de son vice : des vidéos et revues pornos pédophiles, des photos, des vêtements, etc. Parmi les vidéos et les photos, il y en avait aussi quantité que Masaki avait prises lui-même ; il avait notamment filmé la croissance d'année en année de la fille de Yuko. Mais elle n'était pas sa seule victime. Plusieurs plaintes avaient déjà été déposées et, étant donné toutes les preuves saisies, il était clair que Masaki n'échapperait pas aux poursuites.

Quelqu'un aurait très bien pu se rendre compte que l'une des raisons pour lesquelles Masaki continuait à fréquenter le café de mes parents était d'y rencontrer la fille de Yuko. Le soupçon qu'il avait des vues sur la mère avait bien effleuré mes parents et Yuko elle-même mais jamais, disaient-ils, l'idée ne leur serait venue qu'il pouvait s'agir de la petite. C'était aussi mon cas. Depuis que l'affaire avait éclaté au grand jour, mes parents et les habitués du café, qui avaient sans doute été les premiers parmi les habitants de cette ville à se lier avec Masaki, en parlaient tous les soirs. Jamais on n'aurait cru ça de lui, ne manquaient-ils pas d'ajouter chaque fois pour clore leurs propos. Masaki avait su cacher parfaitement son penchant tout au long de ces cinq années. Ce qui, au fond, représentait une sorte de défaite pour nous, les élèves du Cours. Puisque nous avions vécu toutes ces années ensemble sans qu'aucun de nous ne décèle son secret. Nous étions tous sous le choc, mais chacun considérait la situation de manière différente. Ceux qui, avec Miyagi, songeaient à se retirer avaient maintenant un bon prétexte pour le faire. Muranaka, lui, garda le silence un certain temps. La police nous interrogea nous aussi mais l'équipe chargée de l'enquête ne semblait pas nourrir le moindre soupçon à l'égard du Cours, au point même que certains parmi eux manifestèrent de la compassion pour les élèves. Nous ne nous étions pas spécialement concertés avant ces interrogatoires. Nous nous contentâmes de jouer aux "malheureux et innocents élèves au courant de rien". Il n'empêche que, après avoir perdu notre chef et quelle que fût l'attitude que chacun pouvait adopter, nous nous retrouvions salement désorientés.

Muranaka, Inoue et Sae allèrent visiter Masaki en détention. Ils lui demandèrent des instructions et celui-ci aurait répondu, en bon maître, qu'il n'avait plus rien à leur apprendre, qu'il leur fallait décider du reste par eux-mêmes. Selon Sae, Masaki n'était plus le même : il était devenu un homme excessivement doux et calme, sans commune mesure avec le dirigeant énergique et plein d'ambition qu'il avait été naguère. Quant à Muranaka, il expliquait d'un air pathétique que le maître avait eu une illumination. Après l'arrestation, les élèves annoncèrent chacun sa couleur, ce qui ne laissa plus place à la discussion. A commencer par la bande des quatre, Miyazaki, Yuza, Toyota et Yokoyama, qui déclarèrent leur intention de partir. N'ayant pas participé directement à l'enlèvement, ils ne portaient guère de poids sur la conscience et n'avaient pas tellement à s'en faire pour leur réadaptation. Muranaka s'obstina à affirmer qu'il nous fallait tous rester et continuer à faire exister le Cours, position à laquelle Mikami, Araki, Isobe et Eshita se rallièrent. Kitagawa dit que, quoi que fassent les autres, lui demeurerait pour assurer les travaux que lui confiaient les habitants de la ville. Sans doute ne pouvait-il lâcher le joujou que représentait l'écoute pour lui. Sae hésita longtemps puis finit par annoncer son départ. Il me donnait franchement l'impression de ne pas se sentir dans son assiette quand je l'entendais m'expliquer qu'il quittait le Cours mais ne pouvait pour autant s'éloigner de cette ville. J'étais surtout curieux de savoir ce qu'Inoue allait faire, or il prit sans ambages la décision de partir. Il ne s'était pas montré très loquace à cette occasion non plus.

La bande de Muranaka restée sur place ne voulait pas croire que Masaki ait pu se faire arrêter aussi facilement par d'incompétents policiers de province. Autrement dit, ils étaient persuadés qu'il s'était fait prendre à un piège ourdi par un tiers. Et il était clair qu'ils me soupçonnaient, moi, d'être ce “tiers”. J'étais un parent de la victime de Masaki et il m'était souvent arrivé de sortir seul. Ils se racontaient toutes sortes de choses dans mon dos, mais ne soulevaient jamais la question directement ; ils cherchaient seulement à savoir, très souvent, si je choisissais de rester ou non. Je gardai une position équivoque jusqu'aux derniers jours qui précédèrent le départ pour Tokyo du groupe des démissionnaires, mais dans cette situation qui ne cessait de se détériorer, tout commença à me paraître absurde et je pris moi aussi la décision de m'en aller. Je n'avais pas non plus, bien sûr, l'intention de rester dans cette ville.

Inoue soutint que ceux qui avaient participé au rapt, même s'ils partaient, avaient droit à leur part du butin et que l'affaire était entendue avec Masaki, aussi reçûmes-nous chacun cinq millions de yens. Quant à Miyazaki et aux autres non-participants, il fut remis à chacun d'entre eux un million pour garder le secret. Le groupe qui avait décidé de rester nous fit savoir en guise de dernier avertissement que, si nous en exigions davantage plus tard, des mesures d'une autre nature seraient prises. Je crus sentir dans mon dos – tandis que, après avoir reçu l'argent, je m'apprêtais à partir au plus vite – le regard glacé de Muranaka et des siens mais cela m'était désormais bien égal.

Voilà comment le Cours de l'Eminence fut acculé à la dissolution. Peut-être devrais-je plutôt écrire : à la dissolution partielle, puisqu'une partie des élèves s'y trouve encore. Je ne peux pas croire cependant qu'en l'absence de Masaki, la clique de Muranaka soit capable de poursuivre les mêmes activités que celles d'autrefois – quoique Inoue ne semble pas partager cet avis. On peut donc estimer que, dans les faits, il s'était agi quand même d'une dissolution. Toujours est-il que c'est ainsi que nous nous en retournâmes à Tokyo.

Comme je l'ai déjà indiqué, nous ne nous sommes jamais revus ni contactés depuis notre retour. C'est en lisant l'article sur "l'accident" que j'ai appris pour la première fois que Miyazaki, Yuza, Toyota et Yokoyama travaillaient dans une société de production de films documentaires. A Tokyo, ils avaient continué, en bons camarades, à agir à quatre et c'est sans doute à cause de cela que ce sort malheureux leur fut réservé. Il est certain qu'ils n'avaient jamais été des élèves particulièrement brillants, mais de là à être victimes d'un "accident" sur l'autoroute... Il fallait qu'ils aient vraiment relâché leur attention. Pour ma part, je n'avais jamais envisagé de trouver un emploi en rapport avec la production cinématographique. Ni d'ailleurs de travailler dans une quelconque agence de renseignements. Enfin seul après cinq ans de vie collective, je ne songeais qu'à le rester encore un bon moment afin de réfléchir sereinement à ce que j'allais faire en me trouvant un job modeste et discret. Je voulais détacher mes pensées du Cours. Je continue cependant aujourd'hui encore, tout en assurant mon travail de projectionniste, à suivre un ensemble d'entraînements et à récolter modestement des informations. En particulier celles qui touchent aux organisations yakuzas, qui nous avaient tant servi pour notre plan. Le chef si sûr de lui que nous avions enlevé à l'époque était depuis monté en grade et devenu l'un des principaux dirigeants de toute l'organisation. Je ne puis que souhaiter qu'il continue son ascension et oublie complètement notre affaire. A vrai dire, ce n'est pas seulement parce qu'il me permet de préserver parfaitement ma solitude que cela a été une aubaine pour moi d'avoir, dès mon retour à Tokyo, trouvé ce poste de projectionniste au Cinéma international de Shibuya. Je peux, en effet, en restant simplement sur mon lieu de travail, avoir vent de toutes sortes d'histoires fort intéressantes. Il se trouve que Tachibana, le patron de la salle, est aussi l'un des cadres d'une importante organisation en rivalité avec celle à laquelle appartient le chef que nous avions enlevé. Information que je m'étais bien sûr procurée au préalable.

*

Je vais ici compléter le récit de mes retrouvailles avec Inoue le 29 juin.

Lui non plus ne travaillait pas dans la production cinématographique. Quand je lui ai demandé ce qu'il faisait, il m'a répondu qu'il était dans les renseignements. Je ne sais si c'est vrai. Il ne me donna pas sa carte de visite en prétextant qu'il n'en avait plus. Je réussis néanmoins à obtenir son adresse et le numéro de son portable. A ma grande surprise, il habitait le même quartier que moi. Précisant qu'à cause de son travail, il n'y était presque jamais et n'y rentrait que de temps à autre pour dormir, il me dit de l'appeler si l'envie me prenait de le voir. Jusque-là, comme il était écrit dans le journal que les victimes de "l'accident" étaient au nombre de cinq, il m'était arrivé parfois de supposer que le passager non identifié était Inoue. Alors, qui était le cinquième ? Il répondit que c'était Mikami. L'un des élèves du Cours issus de l'école de cinéma, qui était resté auprès de Muranaka. Il ajouta qu'il ne savait pourquoi celui-ci se trouvait dans la voiture mais qu'il ne faisait pas de doute que le groupe resté sur place était impliqué dans “l'accident”. Mais que venait faire Mikami ? Avait-il été envoyé par la bande pour éliminer ceux qui étaient partis à Tokyo ? Il n'était pourtant pas fait pour ce genre de mission. Si, comme le prétendait Inoue, les élèves restés là-bas avaient eu quelque chose à voir avec cet “accident”, quel objectif pouvaient-ils bien poursuivre à présent ? On pouvait aussi supposer que, de sa prison, Masaki avait donné des instructions, mais on ne voyait pas trop pourquoi il l'aurait fait. Cela pouvait aussi bien être un coup monté par les yakuzas qui avaient découvert les responsables de l'enlèvement, ou même un simple accident. Nous décidâmes en tout cas que, dorénavant, nous tâcherions de procéder le plus souvent possible à des échanges d'informations.

— Tu connais la planque ? me demanda Inoue.

Masaki avait, un beau jour et à l'insu de ses élèves, caché quelque part en ville la fameuse boule plastique. Naturellement, je ne savais rien. Je lui renvoyai la question, à quoi il répondit que lui non plus n'en savait rien.

— Et la bande à Muranaka ?

— Je ne sais pas.

— Ils ne seraient pas allés poser la question à Masaki ?

— Il ne leur aura rien dit, fit-il avec assurance.

— Tu ne crois pas que ça risque de poser des problèmes s'ils mettent la main dessus ?

— Tu ferais mieux de t'inquiéter pour ta peau.

— Pourquoi ?

— T'étais soupçonné, non ?

— Ah oui, pour l'arrestation, tu veux dire.

Inoue garda le silence quelques secondes en me fixant. Me soupçonnait-il lui aussi ? Il était difficile de ne pas se sentir un brin intimidé quand il vous fixait avec son regard légèrement de biais. Le doute m'effleura qu'il était peut-être de mèche avec la clique à Muranaka.

— Et si en fait c'était moi qui l'avais piégé, Masaki ?

Réflexion sournoise. Pour commencer, je n'en voyais pas la raison. Je n'avais d'autre choix que de rester évasif.

— Ce n'est pas exclu en effet…

— Et ça te laisse froid ?

— Tu sais, maintenant, ça m'est bien égal.

Je m'efforçais de me contrôler quoique, à l'idée qu'Inoue me mettait à l'épreuve, j'eusse bien du mal à enchaîner.

— Mais pourquoi fallait-il que tu pièges Masaki ? fis-je en le regardant droit dans les yeux.

— Doucement, je n'ai pas dit que je l'avais fait.

Sur quoi, sans détacher son regard du mien, il esquissa un petit sourire du bout des lèvres. Je fis de même en disant :

— Mais oui, bien sûr.

On en resta là.

Au moment de nous quitter, Inoue me remit une boîte pour pellicule de 35 millimètres en me demandant de bien vouloir la garder un moment. Elle contenait une copie non montée de 700 pieds. A la vue du couvercle qui portait l'indication : Fuji type 71337, je lui demandai :

— Le positif ? Qu'est-ce que t'as pris avec ça ?

— Pas moi. Tu as oublié ? Le film publicitaire.

— Je croyais qu'on ne l'avait pas tourné finalement.

— Tu n'étais pas au courant, c'est vrai. Tu étais chez tes parents à ce moment-là.

— Pas au courant de quoi ?

— On a fait un essai le lendemain de l'achat de la caméra. C'est Masaki qui le voulait. Et Mikami qui n'avait pas touché de film depuis belle lurette s'est planté et a tourné avec cette pellicule achetée pour le titrage.

— Ah bon… Et qu'est-ce qui est filmé ?

— Tout le monde sauf toi.

Je ne l'avais jamais su. Mais pourquoi Inoue était-il en possession de cette bobine ?

— On n'avait pas détruit tout ce qui était film ou vidéo ?

— Celui-ci, je l'ai épargné.

— Toi ? Et pourquoi ?

— Un souvenir. Ç'aurait été dommage de le perdre. Tu comprendras si tu le regardes. Tout le monde a l'air si heureux.

— Tout le monde sauf moi.

Nous échangeâmes un ricanement un peu gêné.

— Et le négatif ?

— Il n'y en a jamais eu, dès le départ. On n'en avait pas besoin. Il n'y a que ça.

Ce qui voulait dire qu'il n'avait pas été tiré de copie négative de l'épreuve positive utilisée pour le tournage. C'était inutile en effet puisqu'il ne s'agissait que d'un essai.

— Et de le faire développer, ça valait la peine ? Il n'y a rien d'autre qui ait été filmé, si ?

— Mais non.

Il me demanda de cacher le film dans ma cabine de projection parce que la bande à Muranaka ne manquerait pas de venir la récupérer si elle en apprenait l'existence. Le souvenir pouvait en effet devenir une preuve. Bien sûr, je n'avais pas entière confiance en Inoue. Il devait s'agir, comme il le prétendait, d'un film anodin montrant "l'air heureux" des élèves, mais aussi de quelque chose de plus. En tout cas, puisqu'il avait choisi de prendre l'initiative, il ne me restait plus maintenant qu'à observer comment il allait bouger.

Tout de même, ce que je peux avoir mal à la tête.

12 juillet (mardi)

Hirasawa continue de manquer son travail sans prévenir. Cela fait trois jours maintenant. Des garçons, qui prétendaient être ses camarades de classe, sont venus au cinéma. Il ne serait pas apparu à la fac non plus, et serait toujours absent quand on l'appelle. Il a dû se passer quelque chose. Il était drôlement remonté le jour où il m'a offert le resto, ça m'inquiète un peu. Se serait-il fait coincer par les lycéens ?

13 juillet (mercredi)

Ayako est arrivée après le démarrage de la dernière séance, avec un bandeau sur l'œil gauche et un bleu au bord de la lèvre. Elle faisait pitié à voir, d'autant que son expression était peu aimable. D'habitude, elle bavarde et va se servir de jus de fruits et de confiseries dans le stock destiné aux distributeurs et, en m'imitant, s'amuse à observer les spectateurs de la cabine. Férue d'horoscope, elle ne manque jamais de me donner mon étoile chaque fois qu'elle me voit. Pour cette semaine, elle m'a dit qu'il n'y avait rien d'extraordinaire. Elle a aujourd'hui tanné sa mère pour qu'elle lui achète un portable. Laquelle, après son départ, est venue me demander conseil au sujet de la meurtrissure de sa fille. Elle lui aurait expliqué qu'elle avait reçu une balle de base-ball en pleine figure tandis qu'elle marchait dans la cour de l'école. Ce qui était un peu gros. Se serait-elle battue avec des élèves de la classe ? Le professeur lui aurait-il infligé une punition corporelle ? Aurait-elle été bizutée ? Après avoir énuméré ainsi toutes les raisons possibles et imaginables, Mme Sakata me dit combien elle était inquiète de la voir ces temps-ci rentrer toujours fatiguée et hagarde. Il y a aussi parfois, me dit-elle encore, des appels bizarres en pleine nuit. Elle me fait de la peine. J'aimerais bien lui venir en aide, mais en ai-je les moyens en ce moment ? Et d'ailleurs, comment devrais-je m'y prendre ? Ayako dira que ce ne sont pas mes oignons. Je ne sais pas si c'est à cause de "l'accident" mais je me fais l'effet d'être un peu mou ces derniers temps. Que je me contente donc d'essayer de m'arranger pour qu'il n'y ait rien d'extraordinaire qui m'attende au menu de cette semaine.

17 juillet (dimanche)

A Dogenzaka, j'ai aperçu l'employée à temps partiel du libre-service qui a des stigmates aux poignets. Elle traînait avec un homme qui semblait être son mari. Marchant avec peine, elle s'agrippait à son bras. Les joues rougies, elle paraissait confuse. J'imagine qu'ils se livraient à quelque petit jeu pervers. Elle ne m'a sans doute pas vu.

Cela fait aujourd'hui le onzième jour que Hirasawa s'absente. Kawai a essayé de le joindre plusieurs fois au téléphone, en vain. J'ai essayé à mon tour mais je ne suis tombé chaque fois que sur le répondeur. Kobayashi qui ne peut pas prendre de congé est furieuse. Kawai s'est résolu à recruter un nouvel employé.

Tachibana, le patron de la salle, est venu à la séance du soir avec ses hommes. Il passe toujours au moins quatre ou cinq fois par mois voir un film. J'ai cru au début qu'il était peut-être cinéphile, mais en fait il ne regarde jamais sérieusement le film. Ce n'est pas non plus bien sûr pour flirter avec des filles. En l'observant depuis ma cabine, je le vois souvent tenir des messes basses avec ses compagnons. Il aurait hérité cette salle de son prédécesseur. Espérant pouvoir enfin tirer bénéfice du terrain, il doit avoir le projet de la faire démolir pour construire à la place un immeuble de location, mais il semble que la chose ait été ajournée. Les fonds sont réunis mais le moment est mal choisi, confiait-il à Kawai avant la projection. En ajoutant, comme ce dernier lui demandait ce qu'il adviendrait du cinéma au cas où l'immeuble serait tout de même construit, que, bah ! il suffirait de lui réserver deux étages. Du coup, Kawai a paru soulagé de toutes les angoisses qui l'avaient rongé jusque-là. Il était sûr maintenant que sa salle serait reconstruite. Quoique la question ne semblait plus être à l'ordre du jour.

Je n'ai eu que très rarement l'occasion de parler directement avec Tachibana. La première fois, tandis que Kawai me présentait comme le nouveau projectionniste, il avait remarqué la petite araignée tatouée au dos de ma main droite. C'est le signe de quoi ce machin ? m'avait-il demandé, ce qui m'avait quelque peu troublé. Je m'étais moi-même orné de ce tatouage quand c'était la mode au Cours. Inoue, lui, a un lézard sur la même main droite. Je ne me souviens pas de ceux des autres. Isobe et Eshita avaient été les premiers à s'y mettre, suivis de Miyazaki. Ils n'arrêtaient pas de s'en faire un peu partout. C'était encore à l'époque où nous venions d'entrer au Cours et nous nous disions, tout excités, que nous allions faire du dessin sur la main droite l'insigne de notre ralliement. Mais, contraints par la suite de le dissimuler à chacune de nos activités parce que cela se remarquait trop, nous avons très vite regretté notre frivolité. Tachibana, en voyant mon tatouage, ne semblait pas y avoir reconnu une araignée. L'emblème du syndicat des gargotiers de poulpe ? avait-il ajouté en effet.

21 juillet (jeudi)

Kyoko, l'ancienne amie avec qui je sortais quand j'étais étudiant, est venue me rendre visite au cinéma. Là, vraiment, j'ai été stupéfait. Elle m'a dit qu'elle avait été renseignée par Inoue. J'ai aussitôt téléphoné à celui-ci pour me plaindre mais il n'a pas répondu. Il ne manque pas d'air, me disais-je l'oreille contre le récepteur, alors que lui-même avait tant insisté pour que nous agissions dans la plus grande discrétion jusqu'à ce que la vérité soit faite sur "l'accident". Indiquer avec une telle désinvolture à une tierce personne, fût-elle une connaissance, l'endroit où me trouver… et en sachant parfaitement comment j'allais le prendre, où a-t-il la tête, franchement ! Mais quand j'entendis Kyoko, qui me voyait m'énerver contre le téléphone, me dire que j'étais toujours le même, toujours aussi mesquin dès que se présentait la moindre contrariété, il me fallut me rendre à la douloureuse évidence que, en effet, je n'avais pas fait preuve de beaucoup d'élégance et que, en plus, c'était plutôt moi qui avais manqué de prudence. J'avais beau être face à une femme qui me connaissait bien, je n'aurais pas dû la laisser deviner aussi facilement mes sentiments.

Toujours le même, fit-elle à nouveau en souriant quand elle eut inspecté la musique que j'écoutais en portant à l'oreille les écouteurs du baladeur pendus à mon cou. C'était elle-même qui m'avait rendu accro à Julio. J'avais du reste bien des choses à lui dire à ce sujet mais je m'en abstins, jugeant que ce serait puéril. L'ensorcellement que je subissais à l'écoute des chansons de Julio Iglesias était le même que celui que Kyoko m'infligeait. Je ne pouvais en être délivré qu'en éjaculant, or ce n'était jamais une délivrance définitive puisqu'il suffisait que je réécoute une fois de plus ces chansons pour en être à nouveau la proie. J'avais essayé de le lui expliquer à l'époque. Je ne me souviens plus très précisément de la façon dont je m'étais exprimé mais – passionné comme j'étais alors, plus encore qu'aujourd'hui – je devais lui avoir fait tout un numéro. Je me rappelle en revanche très bien ce qu'elle avait rétorqué : C'est ça, c'est la faute des autres si tu bandes. Je lui ai demandé ce qu'elle fabriquait à présent et elle m'a répondu qu'elle travaillait comme conseillère dans un institut de beauté. Bien qu'elle soit plutôt une femme de tempérament, elle est excessivement sur la défensive, et vulnérable. Il lui arrivait souvent de ne pas comprendre la plaisanterie, ce qui provoquait des disputes. Cela faisait donc plus de cinq ans que nous nous étions quittés et pourtant l'impression qu'elle me fit en la revoyant était, là encore : *toujours la même*.

Et comme toujours, je ne parviens pas à deviner les intentions d'Inoue. S'il pense que nous sommes la cible de la bande à Muranaka, quelle mouche l'a piqué pour qu'il aille renseigner une tierce personne comme Kyoko sur le lieu où me trouver ? Je n'arrive vraiment pas à me l'expliquer. Bien sûr, en fait, n'importe quel élève du Cours serait capable de nous retrouver sans se faire aider, et sans doute Kyoko ne risque-t-elle guère de se voir mêlée à l'affaire. Mais du moment où l'on a choisi d'être prudent, il faut se garder autant que possible d'actes et de paroles inutiles. Je pourrais même soupçonner Inoue plus que je ne le fais. Lui, évidemment, a dû parfaitement prévoir que je devienne à cette occasion plus sceptique à son égard.

“L'espion doit toujours s'attendre à une trahison, disait Masaki dans ses leçons. En toute circonstance, il lui faut déceler dans les propos de son interlocuteur un double, voire triple sens. Cela, il ne doit pas le négliger même lorsqu'il a affaire à un allié. Car, pour lui, il est aussi important de savoir reconnaître un autre espion que de recueillir des informations. Par ailleurs, en société, il doit constamment se camoufler sous les traits d'un être banal, tout en exploitant ses talents d'être singulier. Autrement dit, il lui faut sans cesse s'interroger sur la façon dont il apparaît aux yeux des autres, en remâchant sans fin les réponses obtenues. Un bon espion est donc celui qui fait travailler en permanence et simultanément une multitude d'oreilles et d'yeux, ou de consciences, tout en sachant les dominer pour garder son équilibre. Ces qualités ne sont pas, bien sûr, réservées aux seuls espions. Mais eux ne doivent jamais oublier qu'ils affrontent de telles situations à titre d'expérience radicale, absolue."

24 juillet (dimanche)

J'ai eu un appel pendant mon travail. C'était Hirasawa. Comme je me l'étais imaginé, il s'était fait attraper par les lycéens. Il était pratiquement en état de séquestration depuis plusieurs jours. Sa nouvelle amie s'était fait prendre tour à tour par chacun d'eux, confisquer tout l'argent gagné à la loterie et continuellement passer à tabac. En dépit de tous mes conseils de se tenir à carreau, il avait persisté à aller frimer un peu partout. Bref, il l'avait vraiment cherché. Les lycéens l'auraient mis en demeure de me faire venir et c'est pour cela qu'il me téléphonait. Ce qui n'avait rien d'inattendu. Je dois reconnaître que j'ai été effectivement bien imprudent. Jamais je n'aurais dû accepter de donner un coup de main à un imbécile pareil. Il m'a supplié de venir le rejoindre après le travail, mais je l'ai laissé tomber. Désolé pour lui, mais je n'ai pas le choix. Car je suis en ce moment la prudence incarnée. De toute façon, tôt ou tard Hirasawa leur apprendra que je travaille au Ciné international de Shibuya et il me faudra un jour ou l'autre rencontrer à nouveau ces gamins. On verra bien.

26 juillet (mardi)

J'ai vu Inoue. Sciemment, je ne lui ai pas parlé de Kyoko. Lui non plus n'en a pas touché mot. C'est de plus en plus louche. Mais laissons cela de côté car j'ai appris aujourd'hui quelque chose de la plus haute importance.

La nouvelle est encore à vérifier mais Masaki se serait fait tuer en prison. C'est ce qu'Inoue m'a annoncé. J'avais eu vent moi aussi de la rumeur selon laquelle, en ville, ces derniers temps, les relations entre les deux clans yakuzas rivaux – issus de la scission d'une même grande organisation et en état pour ainsi dire de guerre froide permanente – se détérioraient à grande vitesse et qu'ils étaient même en passe de se déclarer la guerre (c'est d'ailleurs aussi probablement pour cette raison que la reconstruction du Ciné international de Shibuya avait été ajournée). Inoue serait tombé par hasard sur la nouvelle de "la mort de Masaki" tandis qu'il enquêtait à ce sujet à la demande d'une certaine entreprise. Paraît qu'un jeune du clan X a buté un sale pervers qui s'était fait choper la queue dans la bouche d'une gamine, et a déguisé le meurtre en suicide, lui aurait raconté le gérant d'un tripot de poker électronique de sa connaissance en ajoutant qu'il n'arrivait pas à comprendre pourquoi le clan X avait besoin d'aller tuer un pauvre type pareil. Quand Inoue l'eut pressé d'en dire plus, il aurait répondu qu'il n'avait pas d'autre détail. Ce n'est évidemment qu'une supposition, mais je ne vois pas qui d'autre que Masaki pourrait être le sale pervers, qu'est-ce que t'en penses ? Je ne pouvais que me ranger à l'avis d'Inoue. Le clan X était le nom de l'organisation centrale du groupe yakuza auquel appartenait le chef que nous avions enlevé et le jeune tueur en question était détenu dans la prison où se trouvait Masaki. Inoue me demanda aussi si le patron du cinéma et ses hommes n'avaient pas évoqué cette affaire, mais je n'en avais pas souvenir (quoique je commençais, alors que je causais avec Inoue, à douter de ma mémoire). En tout cas, si "la mort de Masaki" est vraie, cela veut dire que notre chef yakuza a identifié ses ravisseurs. Auquel cas, l'hypothèse selon laquelle Miyazaki et les autres auraient été tués dans un "accident" monté par les yakuzas continue d'être valable. Inoue m'annonça qu'il allait se rendre dans ma ville natale vérifier l'authenticité des informations au sujet de "la mort de Masaki". Je me suis proposé de l'accompagner mais il refusa, prétextant qu'à nous deux, nous nous ferions trop remarquer. Ce refus, je pouvais l'interpréter bien sûr de diverses façons.

— Tu as de quoi te protéger ?

Inoue sortit de sa poche un canif Victorinox de l'armée suisse (Ranger).

— C'est tout ?

— Comment ça, "c'est tout ?" Tu ne sais pas tout ce à quoi ça sert ?

Là-dessus, en riant, il m'en fit une démonstration en en sortant les lames, l'ouvre-boîte, la pince à épiler, etc. Son domaine était le tir mais il en savait également long sur le maniement du couteau.

— Moi, ça me suffit.

Ce devait être certainement le cas. Tout ce qui peut traîner autour de soi peut éventuellement tenir lieu d'arme de protection. Bref, ma question était stupide dès le départ.

— Et toi, Onuma, qu'est-ce que tu as ?

— Rien, répondis-je.

Mais ce n'était pas vrai. Lorsque j'avais regagné Tokyo en quittant le cours, j'avais emporté en cachette un Makaroff avec moi. Inoue le sait peut-être, ou peut-être ne le sait-il pas.

27 juillet (mercredi)

De retour de mon travail, je me suis fait suivre par quelqu'un. M'en étant aperçu tout de suite, je l'ai aussitôt semé mais, comme il pleuvait, j'ai eu beaucoup de peine à me faufiler, rapidement et sans me faire remarquer, parmi les parapluies des passants. A propos de parapluie, comment ne pas se rappeler le fameux assassinat de Georgie Markov par les tueurs du KGB ? Je ne tiens vraiment pas à me faire tirer d'un parapluie une balle bourrée de ricin. Je ne sais pas de qui dépendait celui qui me filait. Je me trouve – potentiellement – en position ennemie vis-à-vis de trois groupes au moins : la clique restée au Cours, les yakuzas du clan X et les lycéens qui séquestrent Hirasawa. Une situation assez épouvantable, quand j'y pense. Mieux vaut en rire. Je serais insomniaque à l'heure qu'il est si je n'étais pas passé par les entraînements du Cours. Grâce à ces cinq années, je suis pratiquement parvenu à dominer mes migraines et, vu que je ne manque jamais mes exercices encore aujourd'hui, ne me sens guère angoissé. Je devrais pouvoir m'en tirer, pourvu que je continue à maintenir ma concentration et veille à ne pas me disperser.

J'ai mal à la tête. Les Jeux olympiques ont commencé aux Etats-Unis. Pour le Japon, on s'attend, paraît-il, à une bonne performance de l'équipe masculine de natation. Selon les médias, tout le monde espère que le pays – dont la politique étrangère est ouvertement critiquée par toutes les nations – saura faire bonne impression, au moins dans le domaine sportif.

Ayako est venue au cinéma. Elle est déjà en vacances d'été. Est-ce pour cette raison, chose assez rare, elle a fait son apparition en plein jour et est restée jusqu'au soir. Elle était toute guillerette, annonçant qu'elle allait enfin se faire offrir un portable. Avec moi dans la cabine, elle contemplait la salle, comme à l'accoutumée, écoutait les explications sur les nouveaux produits données par l'entrepreneur venu remplir les réserves pour les distributeurs automatiques, partait faire des commissions à la demande de Kawai. Elle s'est proposée de m'accompagner alors que je m'apprêtais à sortir pour l'heure de la pause. Après avoir mangé une soupe de nouilles, nous sommes entrés dans le café situé à l'étage de la Cine Tower. Nous n'avons fait que parler de baskets et de sorties. Voici un échantillon de notre conversation :

— Alors, Onuma*kun* (elle m'appelait ainsi pour singer sa mère), tu n'as pas une seule paire dans les *high-tech* ?

— Si, j'ai quand même acheté les Air max 95.

— De quelle couleur ?

— Rouges.

— Comme moi, dis.

— Oui, je sais.

— Les 96, quand on les voit en vrai, elles sont ringardes.

— C'est vrai. Mais les noires ?
— Nulles.
— Ah bon.
— Et des Pump fury ?
— Je n'en ai pas.

Elle s'est tue soudain à ce moment-là et je me suis demandé si je n'avais pas dit quelque chose qu'il ne fallait pas. Son visage aussi trahissait la mauvaise humeur. La différence de génération se faisait-elle enfin sentir ? Ce qui aurait été bien dommage, mais je pus me rassurer en l'interrogeant qu'il ne s'agissait pas forcément de cela. Par habitude acquise au Cours, dès que je me trouve dans un endroit où il y a du monde, je ne cesse de regarder autour de moi. C'est ce qui aurait déplu à Ayako. Elle déteste qu'on promène son regard pendant la conversation. Je lui ai donc promis que, dorénavant, je me l'interdirai quand je serai avec elle.

— Dis, qu'est-ce que tu fais d'habitude quand tu sors ?

— Comment ?

— Qu'est-ce que tu fais pour t'amuser ? Tu vas dans les clubs ?

— Figure-toi qu'on cherche à me tuer ces temps-ci, alors je ne peux pas aller dans les endroits où il y a trop de monde.

— Ah bon, tu vis dangereusement. Mais tu ne peux plus du tout sortir si tu dois éviter les endroits où il y a du monde. Pas de jeux non plus alors ?

— Non plus.
— Et le karaoké ?
— C'est une proposition ?
— Mais oui. On ira ?

C'est ainsi que je lui promis d'aller au karaoké. J'allais enfin pouvoir mettre à profit le résultat de mes exercices de chant. J'avais omis de le noter mais, au Cours, nous nous entraînions aussi au karaoké. C'était bien sûr parce qu'un espion doit savoir exceller dans le plus grand nombre de domaines possible. Ayako me dit qu'elle m'appellerait au cinéma dès qu'elle trouverait un moment de libre.

Sortis du café, nous ne sommes pas retournés tout de suite à la salle. L'heure de ma pause était passée mais j'avais encore du temps avant la fin de la séance. Je l'ai invitée sur le ton de la plaisanterie à se promener un peu et elle s'est mise à galoper en direction inverse de celle du cinéma. Je l'ai suivie sans rien dire. Après avoir emprunté le passage sous la ligne Inokashira, elle a grimpé la pente jusqu'à proximité du dépôt de la ligne Ginza où elle s'est arrêtée pour contempler la ville. Elle me dit que la vue qui s'offrait de là lui plaisait parce qu'elle était totalement différente de celles auxquelles on était habitué de Shibuya. Qu'elle ne pouvait pas croire que c'était simplement à cause de la hauteur ou de l'angle de vue qu'elle était différente. Imbécile que j'étais, je me suis laissé aller, tandis que je l'écoutais, à songer que la résidence où elle travaillait se trouvait à deux doigts de là. Je me dégoûtai et m'agenouillai devant elle en déclarant vouloir lui présenter mes excuses. Malgré sa gêne, je la portai sur mes épaules. Puis restai là debout quelques minutes à contempler la ville avec elle. Un moment bien agréable.

Et mon horoscope de la semaine ? Quand, de retour au cinéma, je lui eus posé la question, elle me répondit que j'allais peut-être faire la rencontre de ma vie, sans donner plus de précisions. Le présage semblait à première vue m'être plutôt favorable, mais, ne sachant la nature de la rencontre qui m'attendait, je ne pouvais ni m'en réjouir ni le déplorer. J'insistai, pour savoir sur quel pied danser, mais elle ne voulut rien me dire. Elle expliqua en pouffant que ce n'était pas très clair parce que, d'après la date de mon anniversaire, je pouvais être aussi bien Vierge que Balance. Je crois qu'elle en pince pour moi. J'en suis même sûr. Pour moi qui ai de l'entraînement, ça crève les yeux. L'atmosphère en tout cas n'était pas du tout mauvaise aujourd'hui. Elle m'aura apporté un peu de sérénité, à moi qui me trouve exposé à tous les dangers et privé du moindre secours. Une fille de quatorze ans ! Mais en est-il vraiment ainsi ? Il se peut, contrairement aux apparences, qu'elle soit plus coriace que moi, qu'elle soit une redoutable stratège. Cette petite délurée sait en tout cas s'étirer et se dandiner comme j'aime... Non mais ! Elle veut me rendre fou d'elle ou quoi ? Le Cours de l'Eminence a pris les petites filles trop à la légère, je ne commettrai pas la même erreur que Masaki. Inoue ne le tolérera pas non plus. Car il me tient à l'œil en permanence. Difficile à croire mais c'est comme ça qu'il est, cet Inoue.

Toujours est-il que nous passions du bon temps, Ayako et moi. Là-dessus surgit Kyoko. Elle prétendit que l'envie l'avait soudain prise de passer me voir tandis qu'elle rentrait de son travail. J'étais donc assiégé par deux beautés. Quoique Ayako s'empressa de s'éclipser dès qu'elle sut que c'était mon ex qui était venue me rendre visite. Peut-être cela faisait-il partie de sa stratégie, j'étais tout de même un peu étonné de la voir se retirer aussi prestement. Ça vous change jusqu'à l'atmosphère de se retrouver avec une autre femme. De la bouche de

Kyoko, je n'entendis que des plaintes. Il semble qu'elle ait des sujets de mécontentement dans son travail et avec son petit ami. Elle me poursuivait encore après la fermeture de la salle et, comme elle n'arrêtait pas de jacter, j'ai fini par faire une sortie. Elle fondit alors en larmes comme une folle puis se mit à clamer à la cantonade le récit honteux d'une certaine invitation au sexe que j'avais pratiquée lorsque j'étais étudiant. Ce fut pour moi une assez rude épreuve. A vrai dire, Kyoko est en train de dormir à côté de moi, en ce moment même où j'écris ces lignes. Quelle garce, franchement ! Nous avons baisé trois fois d'affilée en écoutant Julio comme autrefois. Son portable qui n'arrêtait pas de sonner m'a bien énervé. C'est sans doute mon mec, disait-elle. Elle roupille, l'air satisfaite. Mais qu'est-ce que je fabrique ? A ce compte-là, rien d'étonnant à ce que je me retrouve assassiné dans mon sommeil. Affligeant.

31 juillet (dimanche)

J'étais décidément bien excité hier. Il semble que j'aie un peu manqué de contrôle. Je m'en repens.

On a recruté un nouvel employé au Ciné international de Shibuya. Un étudiant qui répond au nom ridicule de Kozo Kayama. Il s'est d'ailleurs aussitôt fait appeler "mon grand" par Kawai, à l'instar de l'acteur Yuzo Kayama. Il commencera à travailler à partir d'après-demain. Je l'ai rencontré : un éphèbe assez mignon à l'aspect sophistiqué. Tout le contraire de Hirasawa. C'est Kobayashi qui va être contente. Il est blond et a les yeux bleus, mais ce n'est pas un étranger. Il porte des lentilles colorées. N'ayant pas eu encore l'occasion de lui parler, je ne sais quel caractère il peut avoir mais il donne l'impression d'être à l'aise dans sa peau. Il est étrangement serein. Tout le contraire, là aussi, de Hirasawa.

Kawai était bien remonté aujourd'hui. Il y avait longtemps que cela ne lui était pas arrivé. Une copie lui a été livrée alors qu'il ne l'avait pas commandée. Il a téléphoné au distributeur responsable de la méprise et il semble que l'attitude de l'interlocuteur lui ait déplu : il a cassé le combiné en l'écrasant contre le bureau. Je me suis fait engueuler moi aussi parce que je me préparais à renvoyer la copie. Il m'a dit de ne pas y toucher jusqu'à ce qu'ils viennent la chercher eux-mêmes. Quelle salade !

2 août (mardi)

Je me suis rendu compte que Kayama, notre nouvelle recrue, n'était pas aussi posé qu'il m'avait paru l'être au départ. Il est fort loquace en réalité et constamment en train de tripoter quelque chose, plus sans-gêne encore que Hirasawa. Tandis qu'il jouait avec un fin tuyau métallique (de deux fois la longueur d'un crayon à peu près) qu'on aurait dit ramassé sur un chantier, il m'a assailli sans fin de questions. Elles étaient toutes très directes. Comme par exemple :

— Monsieur Onuma, vous êtes de “droite” ? De “gauche” ?

Me demandant ce qui lui prenait de me poser ce genre de colle à brûle-pourpoint, je lui répondis que je n'étais ni l'un ni l'autre.

— Ah bon, vous êtes du “centre” alors, mais c’est vieux jeu, vous savez. Complètement fini.

— Et de “droite” ou de “gauche”, ce n’est pas plus vieux jeu encore ?

Mon regard se laissait captiver par le mouvement de ses mains sans plus pouvoir, petit à petit, s’en détacher.

— Pas du tout. De “droite” ou de “gauche”, c’est universel. Alors que le “centre”, il ne s’agit jamais que de combines dans l’ombre. C’est forcément précaire.

— Et toi, t’es quoi ?

— De “droite”, sans ambiguïté.

Je parvins alors enfin à déplacer les yeux sur son visage.

— Tiens. On ne le devinerait pas à te voir.

— Monsieur Onuma. Là, sans vouloir vous vexer, vous vous plantez. Convenez que c’est ce qui se fait maintenant de plus conservateur comme style.

— C’est vrai. Un blouson XX sur un tee-shirt Hanes qui m’a l’air bien ancien, plus un falzar *engineer*. Il n’y a pas à dire, tu es un vrai traditionaliste.

— A cet égard, vous êtes de “droite”, vous aussi. Qu’est-ce que vous en dites, pourquoi ne profiteriez-vous pas de cette occasion pour vous déclarer de “droite” à votre tour ?

Il sourit pour la première fois.

— Pourquoi tu tiens tant à ces histoires de “droite” ou de “gauche” ? Tu fais du recrutement pour une organisation ?

— A quoi d’autre voulez-vous qu’on tienne ? réagit-il, affichant qu’il était las des remarques de ce genre. Rien. Dites-vous plutôt que le choix est simple, que c’est l’un ou l’autre. C’est facile à comprendre. Allez, dépêchez-vous de trancher vous aussi, monsieur Onuma. Les indécis, ça déplaît aux filles, vous savez.

Là-dessus, il porta le tuyau à son œil droit à la façon d'une longue-vue, en pointant l'extrémité sur moi. Je me suis soustrait au dilemme en disant que j'allais y réfléchir. Sans doute Kayama continuera-t-il à me tanner tant que je ne donnerai pas de réponse. Mais je n'aurai pas beaucoup de mal à le faire taire.

6 août (samedi)

J'ai eu mon lot de pépins aujourd'hui, chose qui ne m'était pas arrivée ces derniers temps.

Depuis le jour où j'ai été soumis à son interrogatoire, je suis tout le temps en train de bavarder avec Kayama au travail. Il semble avoir trouvé avec moi quelqu'un à qui parler ; dès qu'il a un moment de libre, il me rejoint dans la cabine pour causer. Est-ce parce qu'il s'est habitué à me voir ? Il a parfois des gestes et des expressions de visage d'une candeur étonnante. La finesse de ses traits le rajeunit alors plus encore. Il me fait l'effet d'avoir pratiquement le même âge qu'Ayako. D'ailleurs, si je m'entends si bien avec eux, c'est sans doute parce que j'ai un côté enfantin moi aussi. Ceci dit, mieux vaut ne pas trop le sous-estimer. Il s'est aperçu des fragments de trois images insérés dans les copies pour la projection. Que signifie cette acuité ? Ce n'est, du reste, pas la seule chose nouvelle que j'ai apprise sur son compte.

Tachibana est venu aujourd'hui voir un film, accompagné de ses hommes comme d'habitude. Kayama m'a aussitôt harcelé de questions : Qui est donc ce patron qui a tout l'air d'un yakuza ?

Pourquoi conserve-t-il ce cinéma vétuste sans chercher à le démolir ? Etc. Tout de même, est-ce qu'il ne pourrait pas mettre un bémol à sa manie de me questionner tout le temps ! Pendant que Tachibana et les siens regardaient le film, il observait la salle de la cabine en me faisant une retransmission en direct de leurs tractations. Tachibana se serait assis à côté d'un type à l'air d'employé de bureau qui ne faisait pas partie de ses acolytes pour se livrer à ses habituels apartés.

La dernière projection terminée, j'ai attendu avec Kayama que le film se rembobine. Pendant ce temps, dans la salle désertée par les clients, le patron discutait avec ses hommes et Kawai qu'il avait rassemblés devant la scène. L'un des sbires, qui s'était aperçu que Kayama gardait avec le plus grand aplomb les yeux rivés sur eux, vint dans la cabine nous dire de nous en aller au plus vite. Kayama s'était alors amusé à le provoquer. Le jeune yakuza ne soupçonnant pas au début qu'on pouvait oser le narguer, il s'ensuivit des échanges incohérents. Il se rendit cependant compte de ce qui se passait quand il me vit tirer Kayama par la manche dans l'intention de lui faire comprendre que je ne tenais pas à me faire remarquer pour des vétilles pareilles. Tandis qu'il faisait clapoter sa bouche en nous jetant des regards noirs, son crâne rasé s'empourprait à vue d'œil. Kayama ne modifia pas pour autant son attitude : Alors, mon petit poulpe, lui fit-il, qu'est-ce qu'on mijote dans les coulisses ? J'étais persuadé que nous ne serions pas rentrés de sitôt, mais par chance le jeune yakuza fut tout de suite rappelé à l'ordre et rien ne se passa. Le pauvre poulpe ne s'était pas rendu compte que Tachibana avait déjà quitté la salle ; il se fit remonter les bretelles par ses collègues parce qu'il s'était attardé chez nous en oubliant qu'il était le chauffeur.

Je fis des remontrances à Kayama. Mais il ne parut pas vouloir regretter le moins du monde la façon dont il s'était conduit. Sa témérité était à l'évidence d'une nature différente de celle de Hirasawa. Ce dernier était tout simplement irréfléchi, ce qui l'exposait aux pires ennuis, alors que chez Kayama tout semblait calculé. Il était clair qu'il savait ce qu'il faisait. Il était sûr que rien ne lui arriverait même s'il taquinait le jeune yakuza. Ou peut-être avait-il agi avec une idée précise en tête. Une fois que nous fûmes sortis du cinéma, il me proposa d'aller prendre un verre, disant qu'il m'invitait. Nous étions en pleine conversation, aussi le suivis-je. J'allais avoir droit une nouvelle fois à la démonstration de son audace préméditée.

Comme nous étions en période de vacances et en plus un samedi, il y avait du monde partout. Nous marchions dans la centrale quand j'aperçus soudain Ayako devant le Fast Kitchen. Elle flânait avec un homme de la trentaine, au teint hâlé et bien bâti, sur la poitrine duquel pendait un collier en or et dont les dents détonnaient par leur blancheur. Elle était complètement défoncée. Je voulus lui dire de rentrer à la maison, que sinon Mme Sakata allait s'inquiéter, mais elle ne se rendit absolument pas compte de notre présence. Appuyée contre l'épaule de son compagnon, elle s'en alla en direction du grand magasin principal de la chaîne Tokyu. Cela éveilla grandement la curiosité de Kayama de me voir rester ainsi planté sans rien dire, à la regarder partir. Il m'entraîna dans un bistrot qui se trouvait à proximité où, à peine installés, il me harcela comme je m'y attendais de ses questions. Je commis la bêtise de lui expliquer à grands traits la situation de Mme Sakata et de sa fille Ayako. Et que celle-ci allait travailler plusieurs fois par mois dans un appartement de Dogenzaka, qu'elle était la reine de la vidéo porno lolita. Quelle commère je faisais ! A croire que, quand je suis avec Kayama, sa volubilité déteint sur moi. Non, je ne dois pas en rejeter la faute sur un autre. Moins encore prétendre que c'était parce que j'avais bu. J'ai simplement manqué de vigilance.

— Quel est le clan qui contrôle l'affaire ? demanda-t-il, tout excité, en sirotant son saké. Celui auquel appartient ce Tachibana de tout à l'heure ?

— Tu causes comme si tu en connaissais un bout sur la pègre du coin, mon grand.

Je regrettais déjà d'avoir parlé au sujet d'Ayako et pensais clore la conversation, mais je dus y renoncer. Il m'était difficile désormais de repousser les questions de Kayama.

— Comment pouvez-vous vous permettre d'être aussi nonchalant ? C'est un problème grave. Elle n'a que quatorze ans, vous vous rendez compte ?

— Ça n'a plus rien d'exceptionnel maintenant. C'est courant la prostitution à cet âge.

— Mais non, la question n'est pas là. Ce que je veux dire…

— Quelle est la question alors ?

— La démographie.

— Comment ?

— La quantité ne peut que nuire à la qualité.

— Et alors ?

— Diminuons le nombre des tocards.

Ce qui me mit hors de moi :

— Tu me dis de tuer Ayako !?

C'était de ma part une réaction plutôt indésirable. On aurait pu croire que je considérais Ayako comme une tocarde.

— Mais non. Je vous en prie, gardez votre sang-froid. C'est très simple ce que je dis, comme toujours.

— Alors qu'est-ce que tu appelles les tocards ?

— Mais ce que le mot signifie. Tenez, par exemple, vous voyez la paire de gros lards assis là-bas qui n'arrêtent pas de parler de catch depuis tout à l'heure.

Il désigna du menton une table voisine un peu sur le côté où deux jeunes s'excitaient en poussant de grands cris.

— Ils ne sont peut-être pas trop mauvais question force physique, mais au total ce ne sont que des déchets. Ils reviennent sans doute d'un match et, à voir comment ils sont accoutrés, ce sont certainement des employés de bureau. C'est tout de même assez imbuvable cette façon qu'ils ont de venir s'exciter dans un bistrot où ne viennent que des étudiants. Ils doivent être salement stressés à force de se faire tourmenter par leur supérieur au bureau. Avec leur gabarit, ils ne trouvent de moyen de décompresser qu'en allant picoler à peu de frais au retour d'une rencontre de catch. Des tocards, assurément. Regardez-moi ça, si ce n'est pas dégoûtant, les voilà qui cherchent la petite bête au garçon. Qu'ils s'imaginent être devenus des malabars eux-mêmes parce qu'ils ont assisté à un combat, passe encore. Mais, en fait, ils ne sont capables que de glapir en s'en prenant à plus faible qu'eux. C'est affligeant, franchement.

Sur quoi, il éclata de rire. Ce qu'il pouvait avoir la langue bien pendue tout de même, malgré ses airs.

— Je te trouve bien venimeux. Tu en as après les gros ou quoi ? En tout cas, tu m'as l'air d'être à côté de la plaque depuis tout à l'heure. L'affaire d'Ayako n'a rien à voir avec ces gros lards.

Je commençais à voir à peu près où il voulait en venir ; je décidai cependant de le faire parler tout son soûl, histoire de sonder ses vraies intentions.

— Eh bien, une population importante se traduit aussi par un nombre croissant de désirs. Vous êtes bien d'accord, monsieur Onuma ? Plus il y a du monde, plus les désirs se diversifient. En réalité ils ne paraissent pas si variés que ça parce qu'ils sont toujours plus ou moins orientés en une même direction. Il n'empêche que plus le chemin tracé est large, plus il y a de gens qui cherchent à s'en écarter. Ce n'est pas moi bien sûr qui m'en occupe, mais cela devient un vrai casse-tête d'essayer de les contrôler tous.

— Trop abstrait, ce que tu racontes. Et ce ne sont en plus que des évidences. Tu veux dire, je suppose, qu'il faut barrer le chemin aux déviations.

— Oui, car j'estime que l'on doit se soumettre à la providence de la nature. Ceux qui veulent s'en écarter n'ont pas à s'étonner de ses représailles. Et moi qui prends son parti, je pense qu'on doit lui venir en aide, activement.

— Mais enfin, quand tu parles de nature, jusqu'à quel point tu crois la connaître ? Ça n'en ferait pas aussi partie, de vouloir prendre la tangente ?

— Oui, bien sûr. Seulement, de mon point de vue, c'est contre nature. Parler de nature, cela reste bien entendu très vague et ce n'est peut-être qu'une idée forgée de toutes pièces par les hommes. Il n'empêche que plus personne ne peut effacer le poids pris désormais par ce mot. Ce qu'elle représente précisément, il est évidemment impossible de le savoir du moment où l'on n'est qu'un homme. Ce qui compte, c'est d'en ressentir constamment le poids.

— C'est que tu causes déjà comme un grand sage, à ton jeune âge. Mais tu n'es pas encore tout à fait au point, mon grand.

Kayama ne s'en offusqua pas. Tout guilleret au contraire, il jouait avec les deux tuyaux métalliques qu'il avait sortis on ne sait quand, comme s'il s'agissait de baguettes. Il faisait heurter les deux bouts et paraissait vouloir, tant que je restais muet, continuer son petit numéro de claquettes. Je m'étais demandé tout au long de cette conversation comment Inoue aurait répondu à ma place. Je ne sais trop pourquoi, la question me préoccupait. Comme Kayama ne semblait pas vouloir mettre fin à son manège, je l'interrogeai à nouveau :

— Ça consiste en quoi concrètement de venir en aide à la nature ?

— Mais en l'élimination des tocards, comme je vous l'ai dit. C'est conforme aux principes de la nature. Je ne parle pas pour autant d'un appareil étatique qui déciderait selon ses propres critères qui sont les tocards, pour s'en débarrasser les uns après les autres. C'est la nature qui est impliquée au départ et non une quelconque organisation restreinte de personnes. Tout ce que nous pouvons faire, c'est lui donner un coup de main, autrement dit accélérer un peu la vitesse de la sélection naturelle. Il y a toutes sortes de moyens de le faire. Il suffit d'augmenter les occasions de mourir. La guerre est sans doute le moyen le plus efficace mais ce n'est pas valable parce qu'il s'agit là aussi d'une entreprise qui se déroule sous le contrôle d'un Etat. Le mieux, c'est de provoquer en grand nombre des accidents et des assassinats. A ce titre, ce que font les fabricants automobiles est juste. Un tas de gens meurent grâce à eux chaque année. Autrement dit, plus les voitures deviennent rapides, plus la sélection naturelle s'accélère. Ce qui ne serait pas mal non plus, ce serait de conduire ce pays à une véritable situation d'anarchie. Tout le monde serait vraiment crispé pour le coup, personne ne sachant jamais ce qui peut lui arriver. Un nombre impressionnant de gens mourraient les uns après les autres. Tout se déroulerait conformément à la volonté de la nature. Ceux qui voudraient y échapper n'auraient qu'à s'efforcer de trouver les moyens de ne pas mourir. Seuls ceux qui seraient parvenus à survivre auraient droit de multiplier leurs descendants. C'est ça l'œuvre de la nature. L'histoire, au fond, ce n'est rien d'autre. Vous ne pensez pas, monsieur Onuma ? Je crois en tout cas qu'il faut savoir être plus simple. Ça ne promet rien de bon s'il y a trop de monde, vous savez.

— J'ai bien compris que pour toi la providence suprême, c'est la sélection. Mais tu me parais tenir des propos plutôt anarchisants pour quelqu'un qui se prétend sans ambiguïté de droite. De toute façon, ce que tu souhaites en fait, est-ce que ce n'est pas finalement mener une vie simple dans un environnement semblable à ceux des pays en voie de développement ?

Dans ce cas, personne n'a besoin de mourir. Il suffit que tu ailles vivre seul au fin fond des montagnes.

— Mais non, ce n'est pas ça du tout. Dans l'hypothèse où il se produirait une importante sélection, la vie qui peut s'ensuivre m'est complètement indifférente. Ça n'a aucune espèce d'importance pour moi. Que les survivants se débrouillent comme ça leur chante. Ce qui m'importe, c'est le processus qui suscitera petit à petit cette grande sélection. Autrement que par une guerre entre Etats. Ma position a peut-être quelque chose de contradictoire, mais c'est la seule qui, au bout du compte, me paraisse défendable.

— Seulement, pour provoquer ce genre de chose, même à petite échelle, cela ne peut se faire sans le recours à une forme ou une autre d'organisation. Je ne vois pas en quoi, finalement, ce serait différent de ce que tu appelles une entreprise étatique. Et puis, à t'entendre, on croirait que tu veux simplement prendre plaisir à voir les gens mourir massivement. Ou disons plutôt que tu voudrais me le faire croire. Tu éprouves de la fascination pour ce qui est antisocial, c'est tout. Ce qui, pour le coup, est vraiment éculé. Ça ne prend plus, ce genre d'esthétisme.

— Vous pensez que je parle en l'air ?

— On peut se poser la question. Parce que tu te prends pour un *serial killer* ?

— En tout cas, je me sens le devenir quand je regarde ces porcs. D'ailleurs, je suis sûr que, vous-même, vous pensez qu'un type comme celui de tout à l'heure, qui était avec la fille, mériterait d'être tué. Et vous auriez tout à fait raison de le faire. C'est ça, ce que j'ai voulu dire.

Nous sommes, tout un chacun, la nature. C'est tout ce qu'il y a de plus simple. Je peux même vous en faire la démonstration sur-le-champ si vous voulez.

Sur quoi, il se tourna en direction des deux types qui continuaient à s'exciter bruyamment à la table voisine.

— Vos gueules !

Ils se retournèrent aussitôt et lancèrent des regards peu chaleureux. Au bout de quelques secondes, l'un d'eux adressa quelques mots à Kayama et, cette fois, il y eut un échange en règle de vociférations. Des verres furent brisés dans la foulée et nous sortîmes tous les quatre.

L'un des deux compères, tirant Kayama par la manche, avança à grands pas en direction de la rue Inokashira et nous nous engageâmes dans la ruelle qui sépare le bâtiment Loft des grands magasins Seibu de l'immeuble Brother. C'est probablement par hasard que celui qui avait pris la tête du cortège en entraînant Kayama avec lui avait – en se dirigeant en sens opposé de la centrale, trop éclairée – repéré ce coin sombre à l'écart des passants. Autrement dit, l'envie de se battre le démangeait. Tous deux étaient bâtis comme des joueurs de rugby et je me sentis un peu inquiet à l'idée que Kayama qui s'était laissé prendre le poignet sans résistance risquait de se faire mettre en pièces. Or la partie fut jouée en un rien de temps. Je n'eus pratiquement pas à intervenir. Kayama s'occupa de tout. Aussitôt arrivé à l'endroit, le type qui l'agrippait trébucha et, recevant un coup de pied en pleine figure, fut étendu par terre. Il avait sans doute été frappé à un point vital. Comme l'autre, en voyant cela, voulut s'approcher de Kayama, je me plaçai devant lui pour lui barrer le chemin, mais ce ne fut pas nécessaire. Un cri aigu se fit tout de suite entendre : Kayama avait planté le tesson qu'il avait emporté en douce dans l'oreille gauche du type étendu. Ce qu'il est rapide, me dis-je. Tandis que l'homme se couvrait l'oreille des deux mains en poussant des hurlements, sur un “Ta gueule !”, il lui écrasa du pied le visage. Puis, s'approchant de l'autre que j'empêchais d'avancer, il lui ricana à la figure avant de lui enfoncer brusquement le tesson dans la cuisse gauche.

Kayama n'avait-il fait que parler en l'air ? Ne faisait-il qu'exalter la jeunesse ? Au fond, tous ses propos ne relevaient simplement que d'un discours réactionnaire et ne méritaient guère qu'on s'en étonne. Ce genre de type, il en existait à toutes les époques. Ceci dit, son adresse m'a tout de même impressionné. Sa technique aussi semble être très au point. Il a peut-être suivi des entraînements quelque part. Toujours est-il que je dois faire attention à ce garçon. On dirait qu'il a deviné l'aspiration à la violence qui m'habite depuis toujours. Les objections que je lui opposais, ne me les adressais-je pas à moi-même aussi ? Je me sens, semble-t-il, d'assez fortes affinités avec lui. Ce qui, sans doute, est mauvais signe.

8 août (lundi)

J'ai revu Inoue. Comme il l'avait annoncé la dernière fois, il serait retourné pendant trois jours dans ma ville natale. S'assurer des faits au sujet de “la mort de Masaki” et enquêter sur la situation des élèves restés sur place. Il semble effectivement que Masaki se soit fait tuer en prison. En l'apprenant de la bouche même d'Inoue, je ne pus prendre cette confirmation que comme une information parmi d'autres : c'était trop abstrait, je ne parvenais pas à l'éprouver comme réelle. Ce qui était bien normal puisque je n'arrivais pas à m'imaginer un homme de la trempe de Masaki se faire aussi facilement tuer, et que je n'avais pas vu son cadavre de mes propres yeux.

Mais que se passe-t-il ? Ne voilà-t-il pas que, chose étrange, je verse des larmes en écrivant ces lignes ? Serais-je affecté par sa mort ? Non. Ce type est impardonnable. Il a abusé d'une parente à moi, incapable de réfréner ses désirs. Alors que j'étais son élève. Il m'a trahi, moi qui suivais avec zèle son enseignement. Il a bafoué ma loyauté. Sans me présenter la moindre excuse, il a été emprisonné et il est mort. Ça me rend plus rageur que triste. C'est moi normalement qui aurais dû le tuer. Pourtant, il semble que je sois triste. Le Cours de l'Eminence est maintenant vraiment fini. Aussi louche que fût le personnage, Masaki était bien le seul à pouvoir le gérer. C'est grâce indéniablement à ses idées originales, parfois même saugrenues, que nous avons pu mener cette vie heureuse vouée à l'entraînement. Il représentait pour nous un problème fascinant, impossible à résoudre. Oui, nous étions séduits par le mystère qu'il était. Et, aussi lamentable qu'en ait été la solution donnée par son arrestation, s'il a su rester cette fascinante énigme, c'est bien parce qu'il était animé d'un désir sauvage, dans tous les sens du mot. Un tel désir risque en permanence de conduire celui qui le porte à une situation critique. Mais en même temps, il peut être source d'une force exceptionnelle. Peut-être le considérions-nous ainsi, comme un homme débordant de cette énergie. A vrai dire, malgré toute la rancune que je nourrissais à l'égard de l'homme qui m'avait trahi, j'espérais secrètement le voir réussir à s'évader en déployant une force extraordinaire et venir relancer le Cours de l'Eminence. Puisque son principe était de dépasser les limites du possible, j'eusse aimé qu'il fût le premier à en faire la démonstration.

Toujours était-il que, vis-à-vis d'Inoue, je fus incapable de renvoyer un traître mot et, comme l'autre jour, me contentai d'opiner une seule fois de la tête. Tu as mauvaise mine, me fit-il remarquer. Là-dessus, il m'apprit que le Cours avait été déserté. Les voisins disaient ne pas avoir vu Muranaka et ses acolytes depuis plusieurs jours. Inoue s'était rendu également chez les parents de ceux qui étaient originaires du pays – Araki, Isobe, Eshita et Kitagawa. On lui avait répondu chaque fois n'avoir aucune nouvelle. Je lui demandai s'il n'avait pas vu Sae. Il m'expliqua que, selon le dire de ses proches, il était parti s'installer dans une autre préfecture, chez des agriculteurs dont il avait épousé la fille à la suite d'une rencontre arrangée.

— Voilà qui fait au moins une bonne nouvelle, fis-je.

A quoi il répliqua :

— Si c'est vrai.

— Tout ça paraît en effet invraisemblable. C'est quand même un peu gros que l'assassinat de Masaki, la disparition de la bande de Muranaka et le mariage de Sae aient eu lieu à des dates voisines de celle de "l'accident".

— Muranaka et les autres ont dû s'éclipser quand ils ont appris que Masaki s'était fait tuer, pensant que la prochaine fois ce serait leur tour. Quant à Sae, ce n'est qu'une coïncidence.

— Mais tu viens de dire que ce n'était peut-être pas vrai.

— J'ai voulu te mettre en garde. Tu fais trop confiance à ce que je te raconte. Et, en plus, tu ne m'as pas l'air d'être très en forme. Tu es sûr que ça va, vraiment ?

— Oui. Mais dis-moi plutôt. Pourquoi Muranaka et consorts ne nous ont-ils pas fait savoir que Masaki s'était fait tuer ? Ils étaient pourtant parfaitement en mesure de nous retrouver...

— Ça, pour le coup, c'est quelque chose qui n'a plus aucune espèce d'importance. Tu ferais mieux de te convaincre qu'ils ne sont plus du même bord.

J'allais lui dire qu'il y avait malentendu mais je me ravisai. Je ne sais pourquoi, je me sentais aujourd'hui devenir de plus en plus sombre. Parler avec Inoue du Cours et de tout ce qui s'y rapportait me devenait assez insupportable. Rien ne semblait vouloir se résoudre, et c'en devenait oppressant. Quand donc allait-on en voir le bout ?

Il me fallait néanmoins mettre au clair tout ce qui était resté dans le vague. Au bout d'un moment, je repris mes esprits et interrogeai à nouveau Inoue au sujet du film qu'il m'avait confié. Mes questions étaient au nombre de trois : Pourquoi était-il nécessaire de le conserver ? Etait-ce quelque chose de si précieux ? Si, bien qu'il ne contînt rien d'extraordinaire, sa possession nous faisait courir des risques, n'avait-on pas plutôt intérêt à s'en débarrasser ? A quoi Inoue répondit par des fadaises. Il lâcha sans honte des phrases dignes d'un mélodrame, comme quoi c'était l'unique trace de ces cinq années et qu'il ne voulait pas réduire à une page blanche cette période dont le souvenir lui était cher. Son numéro me coupa toute envie de continuer à le questionner. Je veux bien croire qu'il se trouvait coincé, mais de là à n'être capable que de ce genre de salade... Il s'en serait mieux tiré autrefois. Il ne doit pas se sentir au meilleur de sa forme lui non plus.

Je n'espérais pas bien entendu pouvoir lui faire cracher le morceau. Cette énigme du film, je n'avais qu'à la résoudre par moi-même. Il me suffisait, après tout, de vérifier un peu mieux ce qui s'y trouvait filmé si je voulais trouver la solution.

9 août (mardi)

Aujourd'hui, je suis parti au travail une heure plus tôt que d'habitude. Pour examiner le film que m'avait remis Inoue. Finalement, je n'ai pas découvert la clé de l'énigme. En revanche, j'ai à peu près pu me faire une idée de ce que pouvait être son sujet.

Comme je l'ai déjà écrit, le film montre "l'air heureux" de tous les élèves sauf moi. Il se compose de huit plans fixes et sa longueur est de huit minutes juste. Le fait que chacun de ces plans dure une minute précise m'intrigue. Pour un simple essai qui filme les élèves en train de bavarder dans le jardin, au parc ou en bordure de rivière, cela a quelque chose de trop méticuleux. Il y a donc eu une mise en scène. Il est clair, même sans aller se fier aux explications d'Inoue, que le tournage s'est déroulé sur les instructions de Masaki. Il est le seul à part moi à ne pas figurer dans le film (Mikami qui était chargé de la caméra fait une brève apparition dans le dernier plan). Les élèves portent de temps en temps leur regard en direction d'un point situé juste à côté de la caméra et échangent des paroles avec une personne hors champ. Nul doute qu'il s'agit de Masaki. Il suffit pour s'en convaincre d'observer l'expression de Muranaka. Cette situation se retrouve à chaque plan. Masaki assistait donc à tous les tournages. Si c'est lui qui a effectué la mise en scène, on peut supposer que le film témoigne de ses intentions. C'est là que se trouve le mystère. Masaki suggère quelque chose à travers ce film. La cachette du plutonium sans doute. On ne voit pas à quoi d'autre il pourrait faire allusion. Voilà pourquoi ce film est si précieux. J'ai en tout cas noté tout ce qui figurait sur chaque plan. Quelque chose devrait se révéler à partir de l'analyse de ce qui a été filmé. Sans quoi il n'y a aucune nécessité à ce que ce soit un film.

Mais pourquoi fallait-il que Masaki procède ainsi ? Envisageait-il cela aussi comme l'un de ses exercices pratiques ? Peut-être suis-je le seul à l'ignorer. Je ne sais pas mais je commence à trouver tout cela complètement absurde. Pourquoi faut-il que je me donne tant de mal à résoudre ce genre de devinette ? Après tout, qu'est-ce que ça peut bien me faire de savoir où se trouve le plutonium ? A quoi tient-il tant, cet Inoue ? *C'est franchement ridicule. Qu'est-ce qu'il veut ? Qu'est-ce qu'il croit pouvoir faire avec ce plutonium ?*

La journée a été plutôt paisible. Ayako qui était venue voir un film avec une amie bavardait amicalement avec Kayama qu'elle rencontrait pour la première fois. Un spectacle assez agréable à voir, et qui, surtout, ne manquait pas de fraîcheur. C'est Kobayashi qui va être jalouse. Ayako m'a montré le portable qu'elle venait d'acheter : un 800F101 *hyper* de NTT Docomo. Il est déjà couvert de petites vignettes photo. Elle m'a encouragé à en prendre un moi aussi. Je lui ai demandé, en plaisantant, si elle ne voulait pas me donner son bip puisqu'elle n'en aurait plus usage. Elle l'a mal pris et m'a répondu de l'air le plus sérieux du monde qu'il n'en était pas question. Mme Sakata se faisait du mouron en se plaignant que sa fille ne cessait de découcher depuis que les vacances d'été avaient commencé et, comme son père, ne rentrait plus guère à la maison. Mais, ma brave dame, ça n'a rien d'exceptionnel par les temps qui courent !

10 août (mercredi)

Je suis passé au libre-service à côté de chez moi au retour de mon travail et le fétichiste des jambes m'a fait remarquer lui aussi que j'avais mauvaise mine. Lui-même avait un œil au beurre noir. Quand je lui ai demandé ce qui lui était arrivé, il s'est contenté de répondre qu'il avait juste un peu gaffé. Il est resté exceptionnellement discret là-dessus, lui qui généralement ne se privait pas de parler ouvertement de tout et de rien, qu'il s'agisse de ragots ou d'autre chose.

De retour dans ma chambre, j'ai pris ma température pour voir. Trente-sept juste. Décidément, je reste toujours dans le vague, jusqu'au bout. Je ne peux me rendre compte par moi-même si j'ai mauvaise mine ou non. Pas de migraine en tout cas. Ou peut-être que si, une légère douleur... Mais pas de quoi s'affoler. Preuve sans doute que l'intensité de la douleur s'atténue par rapport à ce qu'elle avait été jusqu'ici.

J'aperçois à l'instant une ombre blanche se profiler à ma fenêtre. Elle se tient là devant moi, juste à côté du bureau où j'écris ces lignes. On dirait la figure de Kayama. Elle ressemble aussi à celle d'Inoue. Ah ! Et si je me branlais, tiens. Non mais, il faut aussi que je me soulage sous les yeux de celui-là ?!

12 août (vendredi)

Mon jour de congé. J'avais l'intention de rester tranquillement chez moi, mais j'en ai été empêché. Ça n'a pas été une journée très agréable.

J'ai rencontré Kyoko que je n'avais pas vue depuis deux semaines. Elle m'a appelé vers midi et, quand je lui ai dit que je ne travaillais pas aujourd'hui, m'a demandé de l'accompagner faire des achats à Shibuya. Comme cela m'ennuyait de devoir sortir, j'ai bien sûr refusé. D'abord, je ne voulais pas que les jolies inconnues qui en pinçaient pour moi se méprennent en m'apercevant en sa compagnie. Mais finalement je me suis laissé convaincre parce qu'elle m'a proposé de m'offrir quelque chose pour s'excuser de ce qui s'était passé l'autre jour. Quel garçon facile je fais !

Il y avait vraiment très longtemps que je n'avais pas arpenté Shibuya pour accompagner une fille faire ses courses. L'été étant froid conformément aux prévisions, je n'avais guère chaud. Par contre, j'eus les jambes un peu fatiguées. J'ai tendance, c'est certain, à négliger mon entraînement depuis que je suis revenu à

Tokyo. Quand je lui ai demandé ce qu'elle voulait acheter, Kyoko m'a répondu que c'était le cadeau d'anniversaire pour son petit ami. Qu'est-ce que c'est que cette fille, franchement ? J'ai aussitôt pensé qu'elle voulait me le faire choisir mais ce n'était pas ça. Après avoir fait le tour de plusieurs grands magasins, nous sommes allés dans une boutique discount spécialisée dans les importations qui portait le nom de Stella pour regarder les montres. Mais Kyoko s'est totalement désintéressée des rayons où elles étaient exposées et sortit tout de suite du magasin après avoir acheté un rouge (*emotion* 230) et un crayon à lèvres *(spice)* de chez MAC. Elle n'avait jamais eu, dès le départ, l'intention d'acheter de cadeau.

Nous avons ensuite pris un repas au café Monsoon. Son ami, paraît-il, est vendeur dans un magasin de vêtements. Ils se seraient connus dans un club et cela ferait maintenant six mois qu'ils vivent ensemble. Il est horriblement jaloux, voulut-elle me prévenir. Elle me dit qu'elle hésitait à l'épouser et préférait continuer à atermoyer. Me voir faisait donc partie des moyens qu'elle avait trouvés pour retarder sa décision. Pas gênée, vraiment ! Au bout d'un moment, elle m'avoua que le petit ami en question travaillait dans l'un des grands magasins que nous venions de visiter. Elle y était allée exprès pour se montrer avec moi. Devant son ami jaloux. Je lui demandai si c'était pour le mettre à l'épreuve mais elle me dit que non, qu'elle en avait eu envie, comme ça. Elle en avait eu envie, comme ça ? Non mais, elle se fout du monde ! Parce qu'elle s'imagine peut-être qu'en matière de problème de cœur, tout est permis ? Certes, je suis tolérant, et certes je suis capable de comprendre ce genre de psychologie féminine, mais vouloir me créer de nouveaux ennuis en plus du pétrin dans lequel je me trouve déjà ! Ha ! Ha ! me contentai-je pourtant de rire sans protester. Je ne voulais pas qu'elle se mette à clamer à la cantonade l'un des honteux épisodes de notre passé.

Sortis du café, nous marchions dans la rue du Parc où je tombai sur Hirasawa. Lui aussi était accompagné d'une fille. Il chercha au début à passer en feignant de ne pas me voir. Je me dis que ce n'était pas bien étonnant, qu'il ne devait pas avoir envie de causer à un type qui l'avait laissé tomber, et moi non plus je n'essayai pas de lui adresser la parole en le voyant s'éloigner. Onuma ! l'entendis-je pourtant m'interpeller dans le dos. Le voilà qui aura un peu mûri, me dis-je, après être passé par d'amères épreuves. Désormais, il avait décidé de ne plus m'appeler "monsieur Onuma". Ce serait Onuma tout court, même dans la conversation courante. C'est ce qu'il me déclara avec plus de morgue que jamais.

Puisqu'on a enfin l'occasion de se revoir, si on allait au bowling, Onuma ? Sur cette proposition, nous allâmes tous au centre de jeux de la sortie est de la gare de Shibuya. Hirasawa est fort au bowling. Mais il n'y avait pas de piste libre et, comme nous risquions d'attendre longtemps, nous changeâmes de programme pour nous rendre au karaoké. Alors que je prévoyais d'y aller avec Ayako ! Enfin, ce n'était pas une mauvaise chose d'en profiter pour me préparer à la performance que je lui réservais... J'avais fermement l'intention de m'entraîner avec mes chansons préférées des SMAP et de Cornelius, mais Hirasawa m'en empêcha. Laissant les filles chanter, il picola comme un trou sans me lâcher d'une semelle pendant plus de deux heures.

Celle qui l'accompagnait était sa nouvelle petite amie. Il me raconta qu'après son histoire, il s'était tout de suite séparé de la précédente. Il n'était donc pas si malheureux puisqu'il en avait trouvé une autre. C'était plutôt l'ex la malheureuse. A ces remarques, il m'expliqua en ricanant que celle-là sortait à présent avec l'un des lycéens.

— Si vous saviez comme je vous en ai voulu. Après m'avoir monté contre eux tant que vous pouviez, vous débiner dès que ça vous créait des problèmes.

Il tenait ces propos à une distance où nos lèvres auraient pu se toucher.

— Qu'est-ce que c'est que ces reproches ? Je ne t'ai jamais monté contre personne.

Hirasawa se recula un instant pour se servir à boire puis s'approcha de nouveau pour me parler à voix basse. Les filles chantaient ou sélectionnaient les chansons sans faire attention à nous.

— Tu ne m'as jamais monté contre personne ? Tu ne serais pas devenu un peu gâteux, Onuma ? Tu n'es même pas capable de nettoyer ces déchets ? que tu me disais. Ces morveux ne savent qu'attaquer, ils sont complètement nuls à la défense, rien de plus facile que de leur régler leur compte. Je suis à nouveau tombé sur eux à Shibuya le jour où on les avait aperçus à La Bohème. J'ai fait comme tu m'as dit de faire. Je croyais pouvoir m'en débarrasser sans difficulté. Tu me disais aussi, tu te souviens, qu'on serait tranquille une fois qu'on leur aurait montré ce dont on était capable. Ce n'est pas vrai. Combien de fois ils ont réapparu devant moi ! J'avais beau les supplier de laisser tomber, ça ne servait à rien. Ils resurgissaient encore et encore. Il n'y a pas de fin de partie. Je gerbais en pensant que ça allait continuer même après ma mort. Je gerbais dans la rue chaque fois que je les retrouvais. J'étais mal même quand je baisais et j'ai gerbé sur le ventre de ma copine. Tu ne m'as jamais dit que ça allait se passer comme ça. Je n'en pouvais tellement plus que je les ai laissés agir comme ça leur chantait. Tu aurais fait pareil si tu devais gerber comme j'ai gerbé.

Son topo terminé, Hirasawa qui semblait s'être senti mal à force de parler de vomir partit aux toilettes. Je restai un moment à réfléchir après qu'il eut quitté sa place. Je n'avais jamais eu l'intention de le monter contre qui que ce fût, ni souvenir de lui avoir tenu les propos qu'il prétendait avoir entendus de ma bouche. Il devait y avoir un profond malentendu. Il avait complètement déformé ce que j'avais pu lui dire. Je lui avais en effet seulement conseillé d'être prudent... Plusieurs minutes passèrent et comme il ne revenait toujours pas, j'allai le chercher. Quand j'ouvris la porte des toilettes et lui demandai si ça allait, il avait le visage plongé dans la cuvette du lavabo : T'es fêlé, fit-il en me regardant de biais. Je le questionnai pour savoir ce qu'il me trouvait de fou. Mais enfin, me dit-il, tu ne sais même pas toi-même ce que tu fais. Je lui redemandai ce qu'il voulait dire. Au lieu de répondre à ma question, il voulut savoir si je ne m'étais jamais fait harceler par ses persécuteurs. Je fis non de la tête. Il trouvait ça bizarre. Les lycéens savaient que j'étais projectionniste au Ciné international de Shibuya et ils lui auraient dit qu'ils y avaient déjà effectué une expédition punitive. Je lui expliquai alors que ce n'était à l'évidence que du bluff, un stratagème pour l'empêcher d'aller y trouver refuge. A quoi il se contenta de marmonner que c'était bien ce qu'il pensait, que j'étais complètement fêlé. Hirasawa avait mauvaise mine. Il avait dû en voir des vertes et des pas mûres. Il ne savait même plus qui j'étais.

De retour des toilettes, il continua à répéter que j'étais fêlé. Les filles s'en amusèrent et elles lançaient de temps à autre, en milieu de chanson, à la façon d'un refrain : C'est toi qu'es fêlé. Elles ajoutaient aussi parfois en se tournant vers moi : Et toi aussi, t'es fêlé. Bref, tout le monde était complètement désabusé. Je fus sommé par Kyoko de chanter *Nathalie*. Sans doute voulait-elle se raccrocher à ma prestation passionnée comme à une bouée. Je refusai. Je n'allais pas indéfiniment lui obéir au doigt et à l'œil. La garce est rentrée finalement chez elle sans rien m'offrir, alors qu'elle m'avait promis de le faire pour s'excuser. Elle se fout totalement de ma gueule. Comment ? Elle a du vague à l'âme parce que ça ne marche pas avec son mec ? Elle me prend pour un bouche-trou ou quoi !

15 août (lundi)

J'écris ces lignes au petit matin du 16 août. Je n'ai pas fermé l'œil de la nuit. Ça va mal, très mal. La situation est critique depuis un bon bout de temps, mais là, c'est le bouquet.

Mme Sakata est venue me pleurer dans le giron pendant que je prenais mon repas après le démarrage de la dernière séance. Elle était sans nouvelles d'Ayako. Sa fille ne serait plus rentrée à la maison depuis plus de cinq jours. Elle avait essayé de l'appeler sur son portable et serait tombée uniquement sur le répondeur. Elle avait aussi téléphoné à plusieurs de ses copines d'école mais aucune n'avait su dire où elle était passée. Serait-ce une fugue ? Se serait-elle fait enlever ? Inquiète, elle aurait songé à signaler sa disparition à la police mais son mari, qui se trouvait pour une fois à la maison, lui aurait dit que ça risquait de créer des complications et conseillé d'attendre encore un peu. Un message serait parvenu en début de soirée sur le bip qu'elle avait, après l'avoir trouvé dans la chambre de sa fille, emporté avec elle au travail. En rappelant aussitôt au numéro affiché, elle serait tombée sur une amie qu'elle ne connaissait pas. Selon Mme Sakata, il s'agissait d'une lycéenne qui ne parvenait pas à joindre Ayako sur son portable et qui s'était, en s'apercevant que la pile était usée, rabattue sur le bip. Quand Mme Sakata lui eut demandé si elle savait où se trouvait sa fille, elle aurait répondu qu'elle devait être restée dans l'appartement de Dogenzaka où elle avait été elle aussi jusqu'à hier. Le récit de la lycéenne se présentait, en y mêlant mes propres suppositions, à peu près comme suit. Au départ, elle, Ayako et deux autres filles avaient fait la fête toute la nuit dans l'appartement avec les deux employés du *date club* (une party-défonce probablement). Mais le lendemain, en début de soirée, de “méchants monsieurs ” avaient débarqué à trois dans l'appartement. L'un d'eux qui avait la jambe blessée paraissait particulièrement de mauvaise humeur et n'arrêtait pas d'engueuler les autres hommes présents. Les filles avaient pris peur. Au bout d'un moment, il annonça qu'on allait jouer au roi. Le jeu consistait pour lui à rester le roi et à se comporter comme un parfait tyran en exigeant toutes sortes de services invraisemblables. Les filles ne pouvaient plus rentrer. Elles recevaient des coups de pied sans ménagement quand elles n'obéissaient pas à ses caprices ou se mettaient à pleurer. Elle seule, finalement, était parvenue à s'échapper en profitant d'un moment d'inattention. Mais Ayako et les autres devaient être restées prisonnières. Plus tard, j'eus d'ailleurs confirmation de ce récit en téléphonant directement à la lycéenne.

Mme Sakata était affolée. Bien que sceptique quant à la véracité de l'histoire rapportée par la lycéenne, elle se demandait si elle ne devait pas demander conseil à Kawai. Je l'en dissuadai, disant que cela ne servirait à rien. Les "méchants monsieurs" qui séquestraient Ayako n'appartenaient pas à l'organisation de Tachibana. En effet, Ishihara, le propriétaire de l'appartement, dépend du clan X (information que je m'étais procurée au préalable). J'approuvai quand elle voulut savoir s'il valait mieux tout de même alerter la police. Mais elle ne le fit pas. Elle prétendit craindre ce qui pouvait s'ensuivre. Elle ajouta en prenant un air découragé que, de toute façon, la police ne la prenait jamais au sérieux, et, là-dessus, posa sur moi un regard implorant. Ce qui veut dire qu'elle me demandait à moi d'aller délivrer Ayako. D'aller m'exposer au danger. Faut pas charrier, ma brave dame. On vient toujours faire appel à moi quand on ne veut pas se mouiller. Bande de lâches ! Vous êtes toujours bien les mêmes, vous ne pensez qu'à utiliser les types comme moi en cas de difficulté et, une fois l'affaire réglée, vous faites mine de n'avoir rien à y voir. Ah non ! Je ne marche pas... Mais il fut parfaitement inutile de me dire ces choses. On s'en occupe, fit Kayama qui écoutait à mes côtés et je ne pus refuser. D'un autre côté, l'idée d'aller délivrer Ayako ne manquait pas d'attrait. Pour être franc, j'étais très excité. Peut-être même que je bandais.

Je songeai d'abord à rentrer chez moi chercher le Makaroff puis y renonçai. Kayama, contrairement à ce à quoi je pouvais m'attendre, suggéra de régler l'affaire pacifiquement par le dialogue. Néanmoins, pensant que mieux valait porter une arme au cas où, je lui proposai d'emporter le Tokareff que Tachibana tenait caché sous la scène de la salle. Kayama s'y opposa : Oh non, un M-54, ça risque de nous péter dans les mains (il savait déjà que ce Tokareff était une camelote de contrebande). Il se comportait avec un tel optimisme que je lui demandai s'il avait quelque bonne idée en tête. Il était en effet évident que nous n'avions pas en face des adversaires avec qui on pouvait espérer discuter. Il répondit que nous n'avions qu'à nous faire passer pour des enseignants de l'école. Les supplier de nous rendre nos élèves en nous prosternant. J'eus beau lui dire qu'il n'y avait aucun imbécile au monde prêt à croire que nous étions des professeurs de collège, il se contenta de répliquer qu'il suffirait alors de prétendre que nous donnions des cours dans une école préparatoire ou à domicile. Il était certes louable de vouloir trouver une solution pacifique, mais l'attitude de Kayama était vraiment trop désinvolte face à cette situation d'urgence. Néanmoins, à ce moment-là, c'était peut-être plutôt moi qui me livrais à des conjectures trop hâtives. Je dois même reconnaître que l'idée du geste héroïque que j'allais accomplir, qui consistait à arracher les filles au danger, me tournait complètement la tête. Il ne faisait pas de doute non plus que, si j'avais proposé d'emporter une arme à feu, c'était, plus que pour nous défendre, parce que je me grisais en m'imaginant descendre les ennemis. Bref, je me prenais pour un héros de cinéma. Pourtant, j'étais aussi terriblement abattu. Il était couru d'avance que le même sort que celui de Masaki m'attendait si l'adversaire m'identifiait. Et puis, pourquoi fallait-il – question que je n'arrivais pas à m'ôter de la tête – que j'aille de mon propre chef jouer au justicier alors que j'étais déjà entouré de tant de dangers ? Abattu, du reste, je le suis encore totalement. Je ne suis un expert de rien du tout, d'accord. Mais cela fait déjà près de deux mois que je me prépare à affronter cette passe difficile sans que, de la situation, rien ne s'éclaircisse. Qu'il s'agisse des intentions d'Inoue, de la tactique des yakuzas, des objectifs de Muranaka et de sa clique, de la mort de Masaki ou de l'accident du groupe de Miyagi, tout reste parfaitement opaque, irréel. Même chose pour les lycéens qui ont séquestré Hirasawa. Pourquoi faut-il que toutes ces affaires se suivent ainsi ? Désarroi que j'éprouve encore en ce moment même où j'écris ces lignes. Et même, je sens quelque chose qui dérape au fur et à mesure que je tiens cette chronique. A tel point que j'en viens à me demander ce que je fabrique. Comment échapper à ce calvaire ? Manquerais-je encore de persévérance ? Je crois que je commence à être vraiment découragé. Pourtant, quand je repense à tout ce qui s'est passé il y a à peine quelques heures, lorsque à portée de ma main, le tuyau de Kayama s'est transformé en poignard, s'est planté dans la partie creuse de la gorge et qu'une quantité effroyable de sang comme un jet de vin qui jaillit d'un tonneau... tout est d'une simplicité ! Et qui, au fait, va nettoyer tout ce gâchis ? Ce qui n'empêche pas que je suis plus calme qu'on ne pourrait le croire, grâce – comme je l'ai déjà trop de fois répété – à mes divers et nombreux entraînements. Il fallait tirer les choses au clair, oui, c'est bien ce que je voulais, moi, mettre les choses au clair ! Alors, tu en as eu le cœur net ? Oui, que les choses soient claires et nettes !

Ecrivons la suite.

Après nous être, en téléphonant à la lycéenne, à nouveau assurés de la situation précise de l'appartement, nous nous rendîmes, moi et Kayama, à la résidence. Il n'y avait tout autour que des bâtiments serrés les uns contre les autres et des rues étroites à sens unique. Je vis l'escalier de secours de l'immeuble et compris que c'était par là que la lycéenne s'était échappée. L'appartement étant en coin, on pouvait, en s'y prenant habilement, gagner l'escalier de secours par le balcon. En regardant attentivement, j'aperçus une faible lumière à l'une des fenêtres ; on pouvait vaguement voir ce qui se passait à l'intérieur et je constatai que seule la moustiquaire avait été fermée. Quelqu'un peut-être dormait dans cette chambre. Je dis à Kayama que la meilleure solution était d'entrer par cette fenêtre mais il n'était pas d'accord. Cette fois encore, il rejeta ma proposition en prétendant que nous n'étions pas assez nombreux, que mieux valait y aller franco par la porte d'entrée. Malgré ces propos, il prit soin de voler un fumigène de l'une des voitures stationnées dans la rue et proposa d'en faire usage. Qu'avait-il en tête ? Bien sûr, l'utiliser comme ersatz d'une grenade de neutralisation. Indispensable dans un assaut. Mais c'est absurde. Pour commencer, il n'y a pas de détonation. Et puis ça n'a rien de franco. Nous manquions vraiment de préparation. Inadmissible pour un élève de l'Eminence. Quel que fût le résultat.

Cependant que nous devisions ainsi, il se mit à pleuvoir à grosses gouttes. Le vent aussi soufflait fort. Impossible dans ces conditions d'emprunter l'escalier de secours. Feignant de nous abriter de la pluie, nous attendîmes à l'entrée qu'un résident sorte de la porte à fermeture automatique. En vêtements de travail tous les deux, nous nous tenions chapeau bas et tête baissée (ces accoutrements, nous les avions trouvés dans l'entrepôt du cinéma). Nous formions une belle paire, tout ce qu'il y a de plus louche, mais nous n'avions pas le choix. Nous avons bien croisé quelques résidents qui rentraient chez eux, il ne semble pas cependant que nous ayons particulièrement attiré leur attention. Malgré l'envie, je me retins de fumer. Au bout de quarante minutes environ, alors que nous étions trempés jusqu'aux os, un résident sortit enfin et nous pûmes nous faufiler à l'intérieur. Notre destination était l'appartement 501. Dans l'ascenseur, je mis par précaution les gants blancs que j'avais emportés de la cabine de projection. Dans le couloir, le sol grinçait à chaque pas – ce qui ne manquait pas de me crisper. Arrivé devant l'appartement, Kayama frappa violemment à la porte en plaquant une main sur le judas. Mais il n'y eut pas de réponse. Il devait être environ une heure vingt du matin.

S'élevait de la rue, mêlé au bruit du vent et de la pluie, le chant d'un ivrogne : "Il pleut, il pleut, bergère, héron, héron, petits pas tapons." En continuant à frapper encore, on entendit quelqu'un accourir à grands pas du fond de l'appartement – soulagement qui se transforma aussitôt en tension. Au moment précis où la poignée tournait, Kayama enclencha le fumigène. La porte s'entrouvrit et un homme apparut torse nu. C'est à quel sujet ? Tout l'air d'un yakuza. Il avait omis de mettre la chaîne de sûreté, l'imprudent. Il était, apparemment, en train de dormir. Le petit jeu du roi plusieurs jours et nuits d'affilée devait l'avoir épuisé. Ses deux mains étant cachées, je ne sus s'il s'agissait du "méchant monsieur" à la main blessée. Son visage changea d'expression quand il s'aperçut de la fumée qui se répandait. Bien entendu, il ne s'était encore écoulé que quelques secondes depuis l'ouverture de la porte. Kayama enfonça celle-ci et balança le fumigène dans l'appartement en plaquant la main gauche sur la bouche de l'homme qui s'était reculé. Il avait beau être yakuza, il n'était pas en mesure de réagir à une attaque aussi brusque. J'entrai à mon tour et la porte se referma derrière moi. Le fumigène avait roulé dans le couloir et je ne pus distinguer l'intérieur de l'appartement à cause de la fumée qui commençait à remplir l'obscurité. Kayama pouvait-il à lui seul neutraliser le yakuza ? Quand je me retournai, le tuyau d'acier se trouvait déjà planté dans la gorge d'où giclait une quantité inouïe de sang. Ce qui s'appelle vraiment "couler à flots". Puis, là-dessus, une piqûre de guêpe avec l'autre tige à proximité du cœur. Et c'était fini. Les bâtonnets que Kayama tripotait à longueur de temps avaient leurs extrémités sectionnées en biseau de façon à former des mèches et, enfoncés dans la chair, ils agissaient comme un cathéter. Le sang affluait. Ainsi, il avait trouvé on ne sait quand le temps de fignoler son joujou. Le yakuza connut une mort tragique, d'autant qu'il sortait à peine de son sommeil. Certes digne d'un yakuza. J'éprouvai pour la première fois, en assistant directement à cette scène, la même sensation que celle de Hirasawa. Autrement dit, j'étais sur le point de vomir. J'avais bien suivi à l'Eminence des cours sur les techniques de meurtre mais nous n'étions jamais passés à la pratique. L'obscurité du lieu aurait-elle tout de même un peu atténué le choc ? Bien entendu, pas un mot n'arrivait à sortir de ma bouche. Maintenant, oui : Je ne suis qu'un amateur, puis-je répéter à satiété en suppliant de m'épargner une telle horreur. Je m'imaginais couvrir d'insultes Kayama en faisant vainement claquer la langue. Nous nous trouvions il est vrai dans une situation impossible. La nervosité m'empêchait de parler, en revanche mon corps redoublait d'énergie. Un effort impressionnant, quand j'y pense. Je me précipitai dans la fumée comme pour fuir le lieu du crime et parcourus tout l'appartement. Il n'y avait personne. Ayako ne se trouvait nulle part. Pas trace non plus des autres gamines. Même les hommes en étaient absents. Tout ça pour rien. Pas un chat, ni dans la salle de bains ni dans les toilettes. Il n'y avait que des ordures répandues par terre. Seule régnait la chaleur moite. Tout avait été parfaitement inutile. Le corps déjà trempé par la pluie l'était maintenant par la sueur. Une chambre dont seule la lampe de chevet était restée allumée. Et un lit. Où dormait le malheureux. A côté de l'oreiller, une revue érotique : *Jolies écolières*. Et aussi une boîte de kleenex. Le pauvre homme ! Comment ? On l'avait dérangé tandis que – après le départ de toutes les excitantes fillettes restées là plusieurs jours – il se masturbait tranquillement en regardant des photos de lycéennes nues, et tué brusquement sans raison ! Je ne pus me retenir de courir dans les toilettes pour vomir. Et pour pleurer. C'était trop atroce.

Quand je suis sorti des toilettes, Kayama avait disparu. Il avait pris la fuite en m'abandonnant. Le sang dont il s'était barbouillé ne se remarquerait pas car il pleuvait des cordes. Arriverai-je à m'en sortir si je suis interrogé ? Au fait, je ne sais même pas où il habite. Plusieurs heures se sont déjà écoulées depuis. J'ai pu rentrer sans encombre. Après être retourné au cinéma pour me changer, j'ai pris un taxi. Je me suis douché et mis au lit mais je n'arrive pas à dormir. C'est pourquoi je suis en train d'écrire.

Je vais bientôt devoir partir au travail. Pourquoi ? Parce que je suis projectionniste. Et que c'est mon gagne-pain. Que c'est même toute mon existence.

16 août (mardi)

Quand je suis arrivé à mon travail, Mme Sakata vint aussitôt m'annoncer qu'Ayako était rentrée à la maison la veille. Elle m'expliqua qu'une aînée de son école dont les parents étaient partis en vacances pour une semaine l'avait invitée à s'installer chez elle et qu'elle y était restée pendant tout ce temps. La copine en question était la fille du téléphone. Tout ce qu'elle avait raconté, c'était pour rire. Il paraît qu'en fait, elle lui faisait faire le ménage. Elle aurait quand même pu me prévenir. Je l'ai bien grondée, vous savez. Désolée, mon garçon, de vous avoir tracassé avec cette histoire. Là-dessus, elle partit d'un long rire. C'est ça, ma chère, riez. Savourez votre gentil petit bonheur après vous être fait mener en bateau tout ce temps par votre gamine. Et, comme d'habitude, regardez votre émission favorite à midi et étudiez les bons conseils pour se maintenir en forme et les recettes contre le vieillissement. Votre mari et votre fille ont beau déserter la maison, si vous avez encore le loisir de vous offrir tous ces petits soucis, madame Sakata, c'est que vous n'êtes pas si malheureuse. Mais, de grâce, ne vous tournez pas vers moi pour me dire que j'ai mauvaise mine. Evidemment que j'ai mauvaise mine ! Qu'est-ce que vous croyez que je fabriquais, hein, pendant que vous, vous dormiez sur vos deux oreilles après le retour de votre fille !

Ce fut en tout cas vraiment une sale journée. Impossible de travailler dans ces conditions. Il ne me restait plus qu'à avoir recours à la codéine. Jusqu'à Kawai qui me dit : T'es bien pâlot, mon grand. Absolument insupportable. C'était absolument insupportable mais ce n'était pas de maugréer contre Mme Sakata qui allait m'avancer.

Kayama n'est pas venu. Il n'allait évidemment pas se manifester sur son lieu de travail après ce qu'il avait fait. Mais qui est-il donc ? La question n'a plus aucune importance. Il paraît que “mon grand” a toutes sortes de lubies, pourriez-vous nous indiquer à quoi il s'adonne en ce moment ? Ha ! Ha ! Au meurtre, figurez-vous. C'est épatant, n'est-ce pas ? Voilà le genre de scènes d'interview idiotes dont j'avais la tête remplie.

Ni les journaux ni la télévision n'ont encore parlé de l'affaire d'hier. Le clan X aurait mis toutes ses forces en branle. Que faire ? Appeler Inoue à la rescousse ?

Je ne tiens plus. Trop sommeil. Il faut que je me repose. J'ai l'esprit embué. Il faut dormir. Sans rêve.

17 août (mercredi)

J'ai rencontré Inoue. Il m'a appelé vers midi passé alors que je dormais encore. Je l'ai assailli de toutes les questions qui me rongeaient depuis que nous nous étions revus. Dont la plus importante était bien sûr celle qui touchait au plutonium. Mais je n'ai eu droit qu'à des explications sans queue ni tête. Inoue racontait un tas de choses bizarres. On dirait qu'il est au bout du rouleau. Il se noyait dans des justifications sans fin. Qui n'étaient d'ailleurs que de pures élucubrations. Quoiqu'il soit toujours aussi bien informé.

Nous décidâmes d'aller sur la terrasse de la maison mère de la chaîne Tokyu. Il n'y faisait pas très chaud bien que nous fussions en plein été. De toute façon, nous nous efforcions autant que possible depuis l'époque de notre pensionnat au Cours d'endurer la chaleur sans avoir recours au climatiseur. Pour notre entraînement, bien sûr. Il n'y a pas tellement de monde sur cette terrasse où se trouve un magasin d'animaux assez important. J'y vais de temps en temps à l'heure de la pause contempler les iguanes et les sapajous. Parce que ça m'amuse. Je me contente simplement de les regarder. C'est tout. Après les avoir ainsi observés dix, vingt minutes, je fais un sort à mon casse-croûte et m'en retourne au cinéma.

Je présentai à Inoue la liste que j'avais établie de tout ce qui figurait dans le film. En lui disant que je savais pertinemment que le mot de l'énigme s'y trouvait. Il l'examina un moment et, après avoir porté le doigt à plusieurs endroits, me demanda :

— Qu'est-ce que c'est supposé faire comprendre ?

Il faisait l'innocent. Je repartis à la charge.

— Eh bien, l'emplacement de la cachette. Si tu te décidais à cracher le morceau, hein ? Tu dois être au courant de tout, non ?

— La cachette de quoi ?

— Du plutonium.

— Du plutonium ?

— La boule plastique, la bombe atomique, quoi. Arrête de faire l'imbécile. Ça ne te servira à rien.

— Hum.

Là-dessus, il se replongea d'un air pensif dans l'examen de la liste et demeura muet quelques secondes.

— Ça te tracassait, toi aussi, cette histoire de cachette. Tu m'as bien demandé si je savais où Masaki l'avait planquée.

— Minute. Dis-moi, est-ce que tu as pris tes calmants ? fit-il sans bouger, de son regard par en dessous.

Il se donnait un air serein, le salaud.

— N'essaie pas de détourner la conversation. On s'en fout des calmants. Réponds à ma question.

Après être resté une fois de plus silencieux pendant quelques secondes, il releva le visage et ouvrit enfin la bouche :

— Une bombe atomique, tu dis… Tu vois grand. Désolé, mais je ne suis pas au courant. Où est-ce que Masaki serait allé dégoter un machin pareil ?

Inoue réagissait systématiquement de cette façon, de bout en bout. Sa méthode aujourd'hui consistait à me faire dire des évidences pour ensuite les dénier. Il relevait systématiquement mes fautes de mémoire et s'excusait de temps en temps de m'avoir égaré.

— De quoi tu voulais parler alors, quand tu m'as demandé si je connaissais la cachette ?

— Des photos, des vidéos. De trucs de ce genre.

— Encore des souvenirs ? Arrête ton cinéma ! Dis la vérité.

— Ce n'est pas du cinéma. Ça ne représente sans doute aucun intérêt pour toi qui cherches du plutonium, mais, pour d'autres, ça a de la valeur.

Je voulus lui faire remarquer que ce n'était pas moi qui cherchais mais je me ravisai. Cela risquait de dévier encore la discussion.

— Des photos et des vidéos ? Du Cours ?

— La collection de Masaki.

— Quoi, les photos de cul de gosses ! C'est la cachette de ces merdes que tu cherches !? Et d'abord, il en reste encore ? Tout avait été saisi par les flics.

— Pas tout, une infime partie seulement.

— Comment tu peux le savoir ? Tu les as vues de tes propres yeux ? Et puis, personne n'était au courant de sa collection avant qu'il se fasse arrêter.

— Mais si, tout le monde l'était. On les a bien vues. Et même pire que ça. Même Masaki, tu penses bien qu'il n'aurait jamais réussi à le faire complètement à notre insu. Tu étais le seul à ne pas avoir été mis au courant. Pour la raison que tu sais. On ne pouvait pas, ta famille était impliquée. C'est vrai que je t'ai parlé de cachette, mais c'était pour te sonder, parce que je croyais que tu avais eu la puce à l'oreille. Je ne t'ai pas précisé ce qui avait été caché. Et comme tu ne réagissais pas, j'en ai conclu que tu ne savais rien. Parce qu'il faut dire que tu étais drôlement en pétard quand Masaki s'est fait arrêter.

Je réfrénai ma colère. Tout cela devait être vrai. Ça collait, en effet.

— C'est grâce à notre aide, poursuivit Inoue sans détacher son regard, que Masaki a pu en faire autant. Le commerce marchait bien. Je ne sais pas quelles sont les raisons réelles pour lesquelles il ne nous a pas donnés après son arrestation, mais je crois qu'il voulait mettre fin au Cours en allant lui seul en prison. C'est l'impression qu'il m'a faite quand je suis allé le visiter. Il prenait d'ailleurs des airs de saint. Il était justement en difficulté à l'époque avec le clan qui le patronnait à cause de l'enlèvement, et puis il n'était plus tout jeune. Il a dû se dire que son arrestation était une bonne occasion de changer de cap, en finir une bonne fois pour toutes. Il devait avoir envie de se confesser. Une retraite anticipée en somme.

Deux nouvelles questions avaient surgi. De quel "commerce" s'agissait-il ? Qu'est-ce que c'était que ce "clan qui le patronnait" ? Et voilà encore des yakuzas. Décidément, il y en avait partout. Quand je lui eus demandé des explications, Inoue me dit à son tour de ne pas faire l'innocent. D'après lui, c'était sous les conseils d'un chef yakuza de sa connaissance que Masaki avait fondé le Cours qui n'était par conséquent qu'une sous-organisation de la pègre. Première nouvelle, lui dis-je, à quoi il rétorqua que je devais être parfaitement au courant, qu'il ne pouvait s'agir que d'un oubli de ma part.

— Quant à l'enlèvement, on a simplement été mêlé à leurs querelles intestines, à une stupide lutte de pouvoir. Le Cours avait été utilisé. Pas possible du reste que tu ne le saches pas, ça non plus. Pour les affaires, bon, tu n'étais certainement pas au parfum ; on vendait sous le manteau des photos et des bandes vidéo. Autrement dit, Masaki et nous, on menait un commerce clandestin sous le contrôle et les instructions du clan yakuza. On s'est fait pas mal de blé d'ailleurs.

A l'entendre s'exprimer ainsi, je commençais à avoir l'impression d'avoir affaire à un inconnu que je venais à peine de rencontrer. Ce qui me faisait un effet étrange ce n'était pas tant d'avoir tout ignoré de ce qu'il me racontait que de le voir m'en parler comme s'il s'agissait de faits incontestables .

— Dis-moi, Inoue, est-ce que tu te souviens de façon précise de l'enlèvement ?

— Mieux que toi en tout cas.

— Alors comment tu peux prétendre ne rien savoir du plutonium ? Ne me dis pas que tu as oublié la boule plastique qui nous a été remise avec la rançon. Je ne peux pas croire ce que tu racontes si tu t'obstines à soutenir le contraire.

— T'es coriace, hein. Mais, malheureusement, je n'ai guère espoir de gagner ta confiance. Dans mon souvenir, non seulement il n'y avait pas de boule plastique, on n'a même pas obtenu de rançon. On n'a touché que ce que nos sponsors yakuzas ont bien voulu nous donner. Une misère de trois briques. C'est d'ailleurs pour ça que Masaki s'est chamaillé avec le chef. Il était drôlement en rogne quand il nous a rapporté qu'il s'était fait dire que même trois millions, c'était bien trop. Sous prétexte qu'on n'avait pas été capable du moindre résultat. C'est vrai que le mec qu'on a enlevé a bénéficié d'une sacrée promotion après notre coup. Masaki s'est senti complètement découragé. Il ne lui restait plus après ça que de s'adonner à son vice.

— Qu'est-ce que tu essaies de me cacher en me racontant ces salades ?

— Mais je ne te cache plus rien maintenant. Je sais bien que tu ne veux pas me croire mais je n'invente absolument rien.

— Je ne te crois pas, effectivement. Parce que figure-toi que tu t'es déjà trahi. Est-ce que tu peux m'expliquer où vous avez trouvé les fonds pour l'achat de la caméra et des pellicules destinées au tournage du film publicitaire ? Et puis, avant de retourner à Tokyo, on a bien tous touché...

— Je viens de te dire que notre commerce sous le manteau marchait bien. Je ne veux pas te faire de peine mais il ne s'agissait pas seulement de ventes de photos de cul. On arrangeait des rencontres parfois, pour les pédophiles. Ils venaient dans l'espoir de trouver de jeunes partenaires. C'était ça le plus lucratif.

Là, j'en avais vraiment par-dessus la tête. Je songeai même à mettre fin à notre conversation et à rentrer chez moi. Les mégots pullulaient à nos pieds et la chaleur était de plus en plus pénible. Cet Inoue, vraiment, était un entêté. Quand je lui eus demandé si la raison pour laquelle il ne voulait pas remettre le film à la clique de Muranaka avait quelque chose à voir avec ce commerce, il me répondit sans ambages que oui. Je lui arrachai la liste qu'il gardait à la main et réfléchis un moment au moyen de lui faire dire enfin ce qu'il pensait vraiment. Je m'en rends compte maintenant que j'écris ces lignes, ses fabulations étaient assez subtiles à leur façon. Mais ce n'était pas ce que je me disais durant l'entretien parce que j'étais énervé, et plus il alignait ses allégations à l'évidence mensongères, plus j'y réagissais avec un stupide sérieux. J'étais trop franc. J'aurais dû le comprendre plus tôt. La vérification des faits qui touchaient au Cours se poursuivit encore sempiternellement mais le malentendu ne fit que se creuser. Fallait-il s'en tenir pour juger de nos échanges à la leçon que la mémoire humaine n'était pas fiable ou au soupçon qu'il s'agissait d'un décalage sciemment entretenu par Inoue ? Il était difficile de trancher. Ce qui était en tout cas certain dans cette conversation qui se prolongeait sans fin, c'était que nous étions, l'un comme l'autre, excédés. Nous arrivions si peu à accorder nos violons que j'en vins à lui dire que j'avais il y a environ deux mois rédigé un survol de nos cinq années et à lui faire part dans le détail de tout ce que j'avais noté ici. Le commentaire qu'il lâcha après m'avoir écouté fut que c'était bien ce qu'il pensait : j'étais fêlé.

Il y eut encore d'autres "faits nouveaux" que m'apprit Inoue. Voici ce qu'il me raconta au sujet de "la mort de Masaki" à titre de faits qui auraient été nouvellement découverts :

— Il est mort de maladie. Tu te souviens qu'il buvait des cafés à longueur de temps. Ça lui a bousillé l'estomac. Il n'a donc pas été tué. L'histoire que j'ai entendue concernait quelqu'un d'autre.

Et aussi :

— Quant au fameux accident de Miyazaki et de ses acolytes, ce n'était aussi sans doute qu'un simple accident. Excès de vitesse. Ils se sont plantés eux-mêmes. Mikami se trouvait par hasard parmi eux, probablement.

Comment voulait-il que je réagisse ? Sans doute cherchait-il à me désorienter et à me faire croire que rien n'avait jamais eu lieu, mais c'était trop tard. D'autant qu'il me disait ces choses après que nous avions eu toutes ces discussions sur le Cours. Comment aurais-je pu le croire si facilement ?

— Dans ce cas, le nombre des dangers a considérablement diminué, dis-moi.

— Exactement.

— Tu veux dire que Muranaka et sa clique ne nous chercheraient plus d'ennuis.

— Je pense en tout cas qu'ils n'ont rien à voir avec l'accident.

— Et il faut quand même que je garde encore le film ?

— Ça m'arrangerait mais, si tu ne veux pas, tu peux toujours me le rendre.

— Tu m'as convoqué aujourd'hui uniquement pour m'apprendre que Masaki était mort d'une maladie et que le groupe de Miyazaki s'était autodétruit ?

— C'est un sarcasme ?

— Réponds.

— A vrai dire… Il y a encore une chose que je voulais vérifier.

— Quoi ?

— Un yakuza s'est fait buter la nuit d'hier dans un appartement de Dogenzaka. T'es au courant ?

Là, il m'avait pris complètement au dépourvu et, pour le coup, ce fut terriblement efficace. Bien que je n'aie pas su sur le moment dissimuler ma surprise, je fis non de la tête.

— Ah ! fit-il en étouffant un rire, tu ne sais pas.

Autrement dit, il avait deviné que j'étais impliqué dans l'affaire. J'avais donc commis une bévue. Il était évident qu'il avait remarqué mon émoi. Je persistai cependant à feindre l'ignorance.

— Curieux que tu ne le saches pas, tout de même. Parce qu'il paraît qu'il y avait une sacrée agitation à Shibuya hier soir. Je l'ai su par le tenancier de la boîte de poker à Shinjuku. Le meurtre a été commis d'une drôle de façon, avec deux tuyaux d'acier. Très spécialisé. C'est intéressant, tu ne trouves pas ?

— Si on veut.

Je ne savais comment il avait deviné que j'étais impliqué dans cette affaire. Sans doute la "drôle de façon" de tuer lui avait-elle mis la puce à l'oreille, mais il ne s'agissait jamais que de celle de Kayama et il ne semblait pas disposer d'autre information qui lui eût permis de faire le lien avec moi. Selon lui, la police n'aurait pas été alertée et le clan X qui s'était occupé du cadavre aurait supputé qu'il n'y avait qu'un meurtrier. Autrement dit, Inoue pensait que j'avais agi seul. Et, chose fâcheuse, il ajoutait la précision suivante :

— Le type se serait échappé en emportant un sac rempli de cocaïne. Vu les circonstances, ils soupçonnent le clan de ton employeur. Ça va à coup sûr se solder par une guerre, tôt ou tard. Shibuya va devenir dangereux.

J'ignorais totalement l'existence de ce "sac rempli de cocaïne". C'était Kayama. Il s'en était emparé à mon insu. En profitant de ce que je tournoyais dans l'appartement, complètement paniqué. Mais était-ce vraiment ce qui s'était passé ? Bizarre tout de même. Comment croire qu'il ait eu le temps de découvrir ce sac et de s'échapper avec pendant que je rendais dans les toilettes ? Je n'arrive pas à me souvenir de sa conduite après avoir blessé mortellement le yakuza. Tout ce qu'il a pu fabriquer après s'est complètement effacé de ma mémoire. Franchement lamentable. Malgré mes cinq années d'entraînement intensif, j'ai été moralement plus vulnérable que ce gamin. Dire que, resté sous le choc de cette brusque scène de meurtre, j'ai totalement négligé d'observer ses faits et gestes ! Rien ne m'assure en tout cas que Kayama ne se manifeste de sitôt. Si, en plus du meurtre, il s'est embarrassé d'un sac bourré de cocaïne, il va devoir renoncer un bon moment à son "coup de main à la nature". Mais qu'est-ce qu'il compte en faire au juste ? La revendre à des gamins ? Il est tout de même bien embêtant qu'Inoue ait flairé quelque chose. Il ne me reste plus qu'à continuer à faire l'innocent, jusqu'au bout. Ce ne serait pas toi qui aurais fait le coup en réalité ? me lâcha-t-il au moment de nous quitter. J'ai failli lui répondre que non, il y en avait un autre.

Finalement, l'énigme du film n'a toujours pas été résolue. Malgré tout ce qu'il a raconté, Inoue a soigneusement évité de dire quoi que ce soit de concret à ce sujet. Il ne me reste donc plus qu'à examiner la liste plus attentivement et à mieux réfléchir.

18 août (jeudi)

J'ai brusquement reçu un coup de pied par-derrière alors que je rentrais du travail. Le voilà le salaud, pensai-je. Mais qui donc ? C'était dans les passages souterrains de Shibuya. A peine m'étais-je retourné que mon assaillant se jeta sur moi pour me cogner. Je l'esquivai et constatai que ce n'était ni un yakuza ni quelqu'un du Cours, pas plus que l'un des lycéens. Un grand dans les vingt-cinq ans ou plus. J'eus beau lui demander qui il était, il m'attaqua de nouveau sans répondre. Bien que ses mouvements ne fussent pas mauvais, il était loin d'être à ma hauteur. Quand il eut pris sa posture pour m'envoyer son pied, je lui expédiai aussitôt le mien dans le genou de la jambe sur laquelle il s'appuyait pour le renverser. Je lui redemandai qui il était. Toujours rien. L'imbécile, par-dessus le marché, se releva en sortant un cran d'arrêt *butterfly*. En déclarant qu'il allait me crever. Là, je n'étais vraiment pas content. Il y avait une paye que je ne m'étais pas battu avec un adversaire armé d'une lame. Cela requiert, bien entendu, de nombreuses précautions. La première chose à faire normalement est d'attraper la main qui tient le couteau. Mais j'eus de la peine à y arriver. Là encore, parce que je négligeais mon entraînement ces temps-ci. Je frappai directement du pied un point vital, le renversai à nouveau et lui écrasai la main qui tenait le couteau en lui demandant une fois de plus qui il était. Où est Kyoko ? fut sa seule réplique. C'était donc le fameux petit ami jaloux ! Il réitéra sa question. Menteur ! vociféra-t-il quand je lui eus dit que je n'en savais rien. Apparemment, il s'était fait plaquer, et il m'en rendait responsable. Je lui arrachai le couteau et continuai à lui assener mes coups de pied. La montre G-Shock qu'il portait au poignet gauche heurta le sol d'un bruit sec. Etait-ce le cadeau de Kyoko ? Je ne me gênai pas pour l'écraser du pied. Je persistai à lui envoyer mes coups tandis que, le crâne ayant heurté à plusieurs reprises le sol, du sang coulait du nez en se répandant sur tout le visage et qu'il s'était mis à vomir. Il y avait de quoi ! J'étais prêt à le tuer. C'était vraiment tout ce que méritait ce merdeux. Il en faisait ma faute, de s'être fait plaquer par l'autre, et en plus menaçait de me poignarder. Non mais ! Pourquoi fallait-il que je me fasse tuer parce qu'un taré pareil s'était fait lourder ? A croire que l'humanité n'avait jamais progressé ! Ma colère reste toujours aussi vive, maintenant encore. Un employé du métro est finalement intervenu pour nous séparer. Tout cela s'est passé il y a quelques heures à peine.

20 août (samedi)

Il y a un nombre croissant de clients qui ressemblent à des yakuzas au Cinéma international de Shibuya. Ils ne dépendent pas de l'organisation de Tachibana. Ils viennent surtout faire de l'intimidation. Certains, sans entrer, se contentent de rester devant le cinéma pour observer. Ce qui entraîne fréquemment des prises de bec entre eux et Kawai. Comme m'avait prévenu Inoue, le clan X soupçonne celui de Tachibana d'être impliqué dans l'affaire. Ce qui, pour ces derniers, est une accusation totalement sans fondement. Il va être extrêmement difficile de dissiper le malentendu, étant donné la situation déjà fort tendue entre les deux groupes. Tachibana et les siens seront bien obligés de réagir si les provocations se poursuivent.

Bien que nous aussi, les employés, nous eussions été soumis à leur intimidation, Mme Sakata se montrait étonnamment ferme. Se sentait-elle rassurée parce qu'il y avait des arrières cette fois-ci ? Kobayashi, qui avait manifesté de la crainte au début, avait elle aussi retrouvé son aplomb habituel et lançait à petite voix des piques dans leur dos. Quant à moi qui me trouvais dans la cabine de projection, je gardais le profil bas chaque fois qu'on me faisait une remarque, car mieux valait ne pas faire des miennes dans ces circonstances.

S'il ne m'est encore rien arrivé, cela doit être vrai pour Kayama aussi. Mais je ne peux m'empêcher de m'inquiéter de ce qu'il a pu devenir. J'ai demandé à Kobayashi et à Mme Sakata si elles savaient comment le joindre. Elles m'ont toutes les deux répondu que non, avec, je ne sais pourquoi, un petit sourire en coin comme si elles se moquaient de moi. Sans doute me soupçonnaient-elles, en me voyant si empressé, d'avoir un attachement de nature homosexuelle pour le jeune et fringant garçon. Comme Kawai qui était sorti en fin d'après-midi ne revenait toujours pas, j'ai fouillé le bureau à la recherche du CV de Kayama mais n'ai rien trouvé. Je ne savais même pas de quel établissement il était l'élève. Je n'allais peut-être plus jamais le revoir.

Je passai au libre-service sur le chemin du retour. Le caissier amateur de ragots s'engueulait avec une cliente. Il n'y avait personne d'autre. S'apercevant de ma présence au moment où j'entrais, il chercha à s'éloigner de la femme mais ce fut en vain. Elle le frappait au visage tandis qu'il essayait de lui échapper, lui donnait des coups de pied dans les mollets et se mit bientôt à lui jeter des marchandises à la figure. Il se réfugia vers la sortie et je fus pris dans la mêlée. Bombardés de légumes, de revues et de divers plats préparés, nous fûmes contraints de battre en retraite et de sortir. Mais elle ne nous poursuivit pas. Accroupie dans le magasin, elle contemplait le plafond en haletant. Je demandai au caissier qui elle était. Il me répondit que c'était sa femme. Je fus surpris car je ne savais même pas qu'il était marié. Mais je ne lui demandai rien de plus. Comme je restais muet, il s'excusa et s'en retourna dans le magasin ramasser en silence les marchandises éparpillées. Sa femme le regardait faire sans rien dire.

21 août (dimanche)

La situation s'est brusquement aggravée. J'essaie de joindre Inoue mais, malgré mes appels répétés, il ne répond jamais. C'est vraiment énervant. N'aurait-il pas écouté mes messages laissés sur le répondeur ? Lui serait-il arrivé quelque chose ?

Le nombre des yakuzas qui viennent faire de l'intimidation s'est encore accru. L'un d'eux qui avait tout l'air d'un accro aux amphés est monté brusquement sur la scène pendant la projection et a commencé à s'agiter. Il s'est fait sortir par Kawai et les hommes de Tachibana, avant d'être passé à tabac. Mais cela ne représente pour moi qu'une vétille. L'important, c'était la présence de Tachibana dans la salle, ou plutôt ce qu'il aurait raconté à Kawai. Tachibana est apparu en fin de journée accompagné de ses hommes. Il avait l'air très irrité. Sans voir le film, il est resté une bonne heure enfermé dans le bureau à parler avec ses sbires et le régisseur. Il est ensuite sorti puis revenu discuter encore de je ne sais quoi dans la salle après la dernière séance.

Ce qui m'a d'abord tracassé, c'est que Tachibana me jette un regard noir en revenant. Qu'est-ce que ça pouvait bien vouloir dire ? Kawai m'en donna tout de suite l'explication après l'avoir raccompagné. Il me demanda d'abord s'il n'y avait pas parmi mes connaissances un type qui serait mort récemment en prison. Il ne pouvait s'agir que de Masaki qui, selon Inoue, était "mort de maladie". La question me permit de deviner en gros le sens du regard que m'avait jeté Tachibana. Non, lui dis-je, je ne vois pas. Je n'avais d'autre choix que de faire l'imbécile. Pourquoi ? lui demandai-je à mon tour. Hum, fit Kawai et, là-dessus, il se tut. Lui aussi semblait vouloir faire celui qui n'est au courant de rien. Que savent-ils au juste à mon sujet ? C'est tout ce qui me préoccupait. J'attendis la question suivante de Kawai dans l'espoir de pouvoir lui tirer les vers du nez. Mieux vaut ne pas être le premier à parler quand on veut savoir ce à quoi s'intéresse l'autre. Tu portes un tatouage à la main droite, je crois ? C'est ce qu'il me demanda. Je fus bien obligé de faire un signe de tête affirmatif. Voici ce qu'il ajouta :

— Figure-toi que les autres cherchent partout des types qu'auraient des tatouages au dos de la main. De pieuvre, de serpent, de lézard.

Les "autres" désignaient bien entendu le clan X. Je vois, ai-je failli dire. Avec ce propos de Kawai, l'hypothèse de la "mort par maladie" de Masaki volait en éclats. Autrement dit, le clan X avait identifié les auteurs de l'enlèvement du chef si imbu de lui-même et commencé à agir. Peut-être que Masaki avait laissé échapper une indiscrétion en prison. Il était clair en tout cas qu'Inoue mentait. Je sentis de grosses gouttes de sueur couler dans mon dos. Voici ce que fut ma réponse :

— Ah bon... Mais le mien, vous savez, c'est une araignée...

Kawai porta le regard sur ma main droite.

— Ah ! mais c'est une araignée. *Spider !*

Et il rit aux éclats. Je ris avec lui, pour la forme. J'attendis que son hilarité s'apaise et pris cette fois l'initiative :

— Qui sont-ils au juste, ces gens à la main tatouée ?

— *I don't know*, que je te dis. Ont dû faire une gaffe, sans doute.

— Ça a à voir avec cette histoire de connaissance qui serait morte en prison ?

— Faut croire.

— Ah bon. On dirait que c'est une affaire assez méchante.

— Pourquoi, t'es inquiet ? Tu n'as rien à craindre, puisque c'est une araignée ton tatouage. Pas vrai ? Ha ! Ha ! T'en fais pas, mon grand ! Personne ne viendra emmerder un projectionniste, je t'assure. Mais, dis-moi, t'as toujours aussi mauvaise mine.

Malgré son attitude équivoque, Kawai lui-même ne devait pas savoir grand-chose en fait. En tout cas, que lui sache ou ne sache pas, il était maintenant certain que le clan X en avait après nous. Et comme, dans mon cas, il y avait en plus l'affaire de l'appartement de Dogenzaka, ma situation était doublement critique. Pouvais-je espérer voir un jour le péril se dissiper ? Fallait-il que je demeure exposé au danger le restant de ma vie ? Je décidai par précaution de garder toujours le Makaroff à portée de main.

Il s'est produit un autre grand événement aujourd'hui. Sur le plan de la surprise, c'était plus fort encore. Voici en gros ce qui s'est passé.

Le téléphone du cinéma sonna au moment où je me préparais à rentrer et je décrochai le combiné. C'était un appel pour savoir quel était le programme de la séance de nuit. Je répondis qu'il n'y avait pas de séance de nuit aujourd'hui. Les aiguilles de l'horloge avaient alors déjà dépassé les dix heures ; s'il y avait eu une séance tardive, elle aurait déjà démarré. Croyant que le correspondant raccrocherait tout de suite, je tenais le doigt prêt à appuyer sur le crochet. Mais la conversation se poursuivit encore un moment. Après un temps de silence, la question qui me parvint aux oreilles fut :

— Mais alors, mon cher Onuma, quand va-t-on passer *Monsieur est un menteur* ?

C'était Muranaka. Je restai sans voix. La réponse que je trouvai enfin fut la suivante :

— Ce n'est pas un film de cette année.

— Pas un film de cette année ? fit Muranaka. Ça m'étonne...

Sur quoi il m'annonça qu'il passerait me voir sous peu. Je lui demandai où il se trouvait. Ne me revint que son petit rire qui lui était si particulier : hu, hu, hu. Et il raccrocha.

Voilà pourquoi je veux à tout prix joindre Inoue mais il ne répond pas. J'aimerais bien avoir une explication mais j'imagine qu'il n'y en a pas un qui veuille bien me la donner. D'ailleurs, je n'ai jamais compté sur personne. J'ai bien l'intention cette fois aussi de régler le problème tout seul. Et pour le film aussi, je trouverai moi-même le mot de la fin. J'ai maintenant juste un tout petit peu mal à la tête mais c'est seulement parce que mes yeux sont fatigués.

Les yeux se fatiguent en premier parce que je suis constamment en train de regarder une infinité de choses. J'ai les épaules courbaturées par-dessus le marché. Mais ce n'est pas un problème car je n'ai qu'à enlever mes lentilles et me mettre des gouttes pour me sentir mieux. Et pour soulager les épaules, m'appliquer des emplâtres antalgiques. Tiens, ça fait bien longtemps que je n'ai pas écouté les chansons de Julio. Pourquoi ne pas en écouter quelques-unes pour me remettre d'aplomb ?

23 août (mardi)

Un typhon est arrivé. Décidément, tout se déglingue. Un vent épouvantable et des trombes d'eau. Malgré cela, je ne sais ce qui m'a pris mais je suis sorti. Faire mes emplettes de nourriture. Et je suis tombé sur un spectacle terrifiant. Dans la rue juste devant chez moi. Il n'y avait donc tout autour que des habitations. Une femme marchait lentement. Sous la pluie torrentielle et le vent rugissant, elle était sans parapluie, pieds nus, en sous-vêtements. Une corde dans la main droite, un couteau de cuisine dans l'autre, elle avançait lentement la bouche grande ouverte. J'eus l'impression, en l'observant, qu'elle pleurait. Je ne parvenais pas à bien entendre à cause du vent et de la pluie mais il me semblait qu'elle poussait de longs sanglots. En l'examinant plus attentivement encore, je reconnus l'employée à mi-temps du libre-service d'à côté. Celle qui portait toujours des stigmates aux poignets. Elle passa à quelques mètres de moi. Il n'y avait personne à part nous. J'avais en somme été appelé par elle. Je me demandais si elle pleurait de tristesse ou de douleur, de rage ou de joie, ou d'autre chose encore. Malheureusement, l'occasion de l'interroger ne me fut pas offerte. Elle s'en est allée tout droit. Je décidai moi aussi de retourner dans mon appartement. Je m'étais complètement trempé en la regardant. Il y avait de l'eau jusque dans le sac à provisions. Il faisait vraiment un sale temps.

27 août (samedi)

On a recruté un nouvel employé aujourd'hui. Un étudiant venu de Hong-Kong qui s'appelle Chan. C'est un garçon pas très grand, qui ressemble à l'acteur Tony Leon. Il paraît taciturne mais parle bien le japonais. Kobayashi lui expliquait le travail en portant sur lui un regard manifestement intéressé. Comme si elle n'avait fait qu'attendre ce jour. Mais je n'avais pas souvenir qu'on ait lancé ce recrutement. J'ai posé la question à Kobayashi qui m'a répondu, interloquée, que cela faisait plus d'un mois, que je devais bien le savoir. Ah bon, lui dis-je, on continuait à recruter après que Kayama a été pris. Mais enfin qu'est-ce que tu racontes ? fit-elle en fronçant plus fort encore les sourcils. T'arrêtes pas de me causer de Kayama mais qui c'est ce mec ? Kozo Kayama, précisai-je, à quoi elle rétorqua : Yuzo Kayama, tu veux dire. J'eus beau ajouter qu'il s'agissait de l'étudiant qui venait travailler chez nous jusqu'à il y a dix jours, je n'obtins pas davantage de résultat. Je me suis alors rabattu sur Kawai qui me rendit une réponse similaire. Il ne connaissait pas lui non plus de Kayama. Et en plus, il me donna des encouragements, le plus sérieusement du monde, en disant que j'avais de la chance, que j'allais enfin pouvoir prendre normalement mes congés maintenant que le manque de personnel avait été résorbé. Quel phénomène étrange tout de même. Serait-ce tout simplement qu'on me taquine ? Kobayashi disait, tout émoustillée, qu'elle n'aurait jamais cru que quelqu'un voudrait d'un job aussi mal payé dans un endroit aussi périlleux, que finalement elle s'était trompée. Qu'est-ce qui a bien pu se passer ? Mme Sakata était en congé. Je songeai à l'appeler pour l'interroger elle aussi mais y renonçai.

Bref, Kayama ne doit probablement pas exister. Yuzo Kayama oui, mais il n'existe pas de Kozo Kayama. Puisque Kobayashi et Kawai disent que non. Auquel cas, c'est moi qui deviens l'auteur du meurtre du yakuza dans l'appartement de Dogenzaka. Bien embêtant ça. Accusation totalement fausse. Que faire ? J'y ai réfléchi : ce devait certainement être Inoue qui m'accompagnait cette nuit-là. C'est lui qui a tué le yakuza. Ce qui explique qu'il était au courant de l'affaire. Il prétendait avoir tiré les vers du nez du gérant de la boîte de poker mais il n'en avait pas besoin puisque c'était lui le meurtrier. Pour cause qu'il était au courant. Mais, minute, pourquoi alors ai-je cru que c'était Kayama qui m'accompagnait ? Ou plutôt, quand est-ce que je l'ai rencontré, Inoue ? Il doit y avoir là une supercherie extrêmement subtile. Depuis quand Inoue serait-il parvenu à maîtriser un trucage pareil ? C'est bien ce que je pensais, ce type n'est pas né de la dernière pluie. Réussir à me manipuler aussi habilement, moi avec qui il s'était formé au Cours de l'Eminence !

C'était en tout cas aujourd'hui une journée épouvantable. Le film a sauté en cours de projection et j'ai voulu procéder à l'habituelle réparation, sans parvenir à retrouver la bande de raccord. Aussitôt un homme aux allures de yakuza qui devait avoir été chargé de faire de l'intimidation en profita pour venir me bombarder de réclamations. L'affaire Kayama avait dû me faire perdre mes moyens – il était tellement collant qu'il me mit hors de moi. Je réagis en l'arrosant d'injures. Je l'aurais peut-être même frappé si Kawai n'était pas intervenu. Comme je n'arrivais pas à apaiser ma fureur, je sucrai la scène de baise de la seconde partie du film qui, de toute façon, était nulle. Une bonne chose après tout, car, si nous autres projectionnistes n'étions pas là pour le sauver, ce ne serait qu'un déchet dont il n'y aurait rien à tirer. Qu'on ne prenne pas les projectionnistes à la légère. Eux seuls méritent le respect ! Ceux qui fabriquent les films sont trop désinvoltes, ils oublient que c'est moi qui les projette ! Toutes les œuvres qui passent au Ciné international de Shibuya sont de moi ! Parfaitement, mieux vaudrait même que je m'occupe davantage de leur montage et, tant qu'à faire, qu'on n'ait pas deux films par séance – autrement dit, il serait beaucoup plus intéressant que j'en refasse le montage de façon à les réunir en un seul ! Combien de fois les ai-je raccordés, tous ces films ! Je ne me gênerai plus pour remplacer les plans par d'autres !

Quand toutes les séances furent terminées et que je sortis après avoir rembobiné, je tombai près de la porte sur un grand sac Vuitton dont je ne connaissais pas le propriétaire. Je l'ouvris et vis qu'il était bourré du stimulant en question. Et voilà, me suis-je dit.

31 août (mercredi)

Je suis actuellement hospitalisé. Contusions à plusieurs endroits, quelques brûlures, une côte brisée et une balle logée dans la cuisse gauche. Mais il paraît que je pourrai sortir dans une semaine. La police m'a posé toutes sortes de questions mais cela ne représenta pas le moindre problème pour moi qui me suis formé au Cours et avec qui même un détecteur de mensonge resterait inefficace.

Kyoko est venue me rendre visite aujourd'hui. Mais elle n'est pas ici. Elle est occupée à courir après le médecin. Je lui ai demandé si c'était une affaire qui s'annonçait bien et elle m'a répondu que ce n'était pas encore évident. J'ai l'intention de lui venir en aide moi aussi. Et d'obtenir la gratuité des frais de mon hospitalisation. Ce n'est certainement pas impossible.

Pourquoi me suis-je retrouvé dans cette situation ? Il faut bien que je l'explique. Je dois remplir la case restée vide. Tout s'est passé il y a trois jours. Et tout s'est résolu le même jour.

*

28 août (dimanche)

Ce jour-là, j'étais énervé dès le matin parce que je n'arrivais pas à joindre Inoue. Il nous fallait d'urgence convenir d'un stratagème, maintenant que Muranaka m'avait annoncé au téléphone qu'il viendrait me rendre visite sous peu et que Kawai m'avait fait savoir que le clan X nous cherchait partout. Quand la séance de midi prit fin, mon irritation était à son comble et, ne tenant plus en place, je décidai de me rendre à l'appartement où habitait Inoue, situé à cinq minutes environ à pied de la gare d'Ebisu. Bien que je ne me fusse jamais rendu dans son logement qui était éloigné du mien, j'avais déjà vérifié son emplacement à l'aide d'un plan de Shibuya que j'avais pris soin de me procurer auparavant et je ne risquais pas de me perdre. La durée de la séance suivante était d'une heure cinquante minutes. J'avais tout mon temps s'il ne s'agissait que de faire un aller et retour, mais il restait un problème : le film que m'avait confié Inoue. Je ne voulais pas que la bande à Muranaka débarque pendant mon absence et s'en empare. Eux n'auraient eu aucun mal à le faire. Ceci dit, aller chez Inoue en le prenant avec moi présentait également des risques : je pouvais très bien tomber en chemin sur Muranaka et ses acolytes. Que faire ? Je trouvai tout de suite la solution. Je n'avais qu'à le raccorder au film qui allait être projeté à la prochaine séance. Il me suffisait de le placer à la fin de la deuxième bobine sur le deuxième projecteur pour gagner du temps. Mais cette idée m'était venue juste avant l'heure de la séance suivante. Et j'avais bien sûr déjà commencé à rembobiner le deuxième projecteur. Il m'aurait donc fallu l'arrêter et le faire tourner en avance rapide jusqu'au bout pour, après y avoir rattaché mon film, le rembobiner à nouveau. Je n'étais pas sûr que, dans ce cas, il eût été prêt à temps pour le relais du premier projecteur au cours de la séance suivante. Je commençais un peu à m'affoler. Là-dessus surgit Kawai qui me fit remarquer que l'heure du démarrage de la séance était passée depuis belle lurette, si bien que je n'eus d'autre choix que de lancer la projection. Comme la visite de l'appartement d'Inoue risquait d'être compromise si je traînais encore, je me résignai à raccorder le film au milieu de la seconde partie. Il serait projeté au bout d'une heure et demie environ. Avant quoi il me fallait absolument être de retour.

Le film principal commença à être projeté et, ayant fini de raccorder le mien, je sortis de la salle en vitesse. Je gagnai la gare de Shibuya en trois minutes. Puis je pris le train. Ebisu était le prochain arrêt. On y était en deux minutes. Dans la rame, je songeais au film. Qui restait, bien entendu, un mystère. Je n'avais pas eu le temps d'y penser ces derniers jours. J'en étais même arrivé à y être pour ainsi dire indifférent. Mais je ne saurais jamais exactement ce que voulaient Inoue et la clique de Muranaka si je ne parvenais pas à le déchiffrer. Je recherchais les rapports qui pouvaient exister entre les divers objets filmés en regardant ma liste mais les deux minutes s'écoulèrent aussitôt et j'arrivai à Ebisu. Je replongeai la liste dans ma poche, pris la sortie est et, après avoir traversé la rue Komazawa, courus en direction de la Salle municipale. Les piétons étaient nombreux et il faisait une canicule de près de quarante degrés, ce qui était assez exceptionnel pour cet été. Mon tee-shirt était trempé et me collait à la peau. Je continuai cependant à courir sans m'arrêter une seule fois. Ma mémoire se révéla exacte. J'étais arrivé à destination, semblait-il, par le chemin le plus court. Un immeuble de studios d'un étage qui devait avoir été bâti il y a trois ans environ. Inoue habitait au 101. Je frappai mais n'obtins pas de réponse. La porte était fermée à clé. J'essayai d'appeler son portable d'une cabine voisine mais ne tombai comme d'habitude que sur le répondeur. J'eus beau vouloir regarder à l'intérieur, les rideaux m'en empêchaient. Toute cette galopade pour rien ! Il ne me restait plus qu'à déverrouiller la porte et entrer. Je sortis le rossignol que je portais toujours sur moi et me mis aussitôt à l'ouvrage. Cela me prit cinq, six minutes à cause de la précipitation alors que je comptais y arriver sans peine, m'y exerçant souvent pour tuer le temps. Heureusement, je n'eus pas à rencontrer d'habitants de l'immeuble. Si le terrain n'avait pas été ceint d'un mur de parpaings, j'aurais sans doute suscité la suspicion des passants. Car la sueur coulait à grosses gouttes de mon front. Il avait beau faire chaud, cela faisait vraiment amateur.

Ce que je sus une fois à l'intérieur, ce fut d'abord qu'Inoue n'y était pas. Il ne se trouvait bien entendu ni dans la salle de bains, ni dans les espaces de rangement. A la place, m'assaillit une violente impression de déjà-vu, alors que c'était la première fois que je visitais ce lieu. La pièce offrait un spectacle quasi identique à ce que je voyais tous les jours. C'était pour ainsi dire une réplique de ma propre chambre. Et même, c'était ici chez moi ! Comment ?! Qu'est-ce que cela voulait dire ?! C'était bien chez Inoue que j'étais venu. Or je me retrouvais chez moi. Etais-je idiot ? Ou Inoue m'infligeait-il un mirage par le recours à je ne sais quel tour d'illusionniste ? Avait-il sciemment transformé son studio en une pièce identique à la mienne ? Voilà qui m'en bouchait un coin ! Mais quand était-il venu chez moi ? Non, ce n'était pas ça, ça ne pouvait pas être ça. C'était ici sans l'ombre d'un doute ma propre chambre. Dès le départ, j'avais pris mon studio pour le sien. Quel imbécile je faisais ! Mais, dans ce cas, où habitait-il ? C'était assurément ici l'adresse exacte. Et c'était bien pour cela que j'étais venu jusqu'ici sans hésiter. Je commençais cependant à en être de moins en moins sûr. Me serais-je encore laissé berner par Inoue ? Non, je n'étais tout de même pas bête à ce point. Mais alors ?

Voilà : Inoue, c'est moi. C'est moi qui suis Inoue. On dirait bien que c'est cela. Je laisse de côté la question de savoir pourquoi les choses en sont arrivées là car à y réfléchir mon cerveau risquerait de tomber en état de panique, mais Inoue ne peut être que moi. Kayama non plus ne le nierait pas. La seule autre explication possible serait que j'ai été dupé par une immense mystification ourdie par Inoue, je n'en vois pas d'autre. D'ailleurs, au moment même où j'écris ces lignes, je ne parviens toujours pas à trancher sur cette question. Enfin, il est inutile ici de parler du présent. Poursuivons le récit.

Toujours est-il que, bien que pris d'un léger vertige à l'idée que j'étais peut-être Inoue, je repris aussitôt mes esprits en m'apercevant d'un coup au réveil de ma chambre que plus de quarante minutes étaient passées depuis ma sortie du cinéma. Peu m'importait qui que je fusse, Inoue ou un autre. Et même, n'était-ce pas chose plutôt réjouissante que de pouvoir à toute occasion être un autre que soi-même ? Quant aux raisons qui m'avaient mené à cette situation, je n'avais qu'à les reconsidérer une fois la situation apaisée. Il était pour l'heure plus urgent de retourner à la salle et de cogiter à la façon dont j'allais faire face à Muranaka et consorts. Sur ces réflexions, je sortis du studio et me remis à courir en direction de la gare.

Cela me prit un peu moins de cinq minutes pour arriver jusqu'au quai de la gare d'Ebisu.

Quarante-cinq minutes s'étaient par conséquent écoulées depuis que j'avais quitté le cinéma. Le train venait de partir. Mais en montant dans le suivant, je n'allais jamais mettre que cinq minutes pour me rendre jusqu'à la salle. J'étais donc sûr d'être de retour dans ma cabine avant que le fameux film ne soit projeté. J'étais enfin rassuré. Cela m'avait tout de même bouleversé d'en arriver à la constatation qu'Inoue était en fait moi-même. C'est du reste une conclusion qui continue à me stupéfier. Pourquoi personne ne m'en avait-il touché un mot ? J'étais obnubilé, tandis que j'attendais le train, par la question de savoir ce qu'il en était de l'énigme du film maintenant que j'étais Inoue. M'étais-je donc envoyé à moi-même cette colle ? Je m'étais imposé une énigme dont je ne possédais pas la solution ? Mais pourquoi m'avait-il fallu agir ainsi ? Autant de questions plutôt déprimantes. La seule chose que je pouvais encore faire était de sortir la liste de ma poche et de réfléchir au moyen d'en tirer parti. Après avoir déployé la feuille que j'avais pliée en trois, je contemplais les noms des objets et des personnes filmés quand soudain me vint l'idée de ce que j'avais à faire. Je pris un stylo et traçai une barre sur les lettres qui formaient le nom d'Inoue. Je barrai aussi ceux de Miyazaki, Yuza, Toyota, Yokoyama et Mikami. Et à la suite, ceux de Sae, Kitagawa, Isobe, Eshita, Araki et enfin Muranaka. Tous les élèves du Cours de l'Eminence se trouvaient ainsi effacés. J'eusse bien aimé supprimer Masaki aussi mais il ne figurait pas dans le film. Voilà en tout cas qui rendait la liste un peu plus lisible. Le train arriva à ce moment-là et, une fois que je me fus assis au coin de la banquette, je me dis qu'il y en avait encore de trop et continuai à raturer. Après avoir effacé les objets qui ne figuraient qu'un petit nombre de fois en suivant l'ordre de leur fréquence d'apparition – à commencer par tout ce qui n'avait été filmé qu'une seule fois –, je parvins à tirer une chose au clair. Il y avait une montre à chaque plan. Je dois d'ailleurs reconnaître que de ne pas m'en être aperçu auparavant témoigne de ma très médiocre capacité d'analyse des informations. D'autant que, comme je l'ai déjà écrit, j'avais toujours été intrigué par le fait que chaque plan durait précisément une minute. Ils avaient donc été tournés pour filmer non pas "l'air heureux" des élèves mais un certain nombre d'heures précises durant chaque fois une minute. Autrement dit, ils formaient un code. Il suffisait de vérifier l'heure qu'indiquait la montre à chaque scène pour que l'énigme soit pour ainsi dire résolue. Il était aisé de déchiffrer ce code. Il suffisait de changer les heures en kana. La petite aiguille marquait les rangées verticales du tableau des cinquante sons tandis la grande correspondait aux horizontales. Une heure cinq par exemple devenait *i*. Quant aux chiffres 6 à 10 de la grande aiguille, ils renvoyaient aux consonnes sonores qu'il suffisait de sélectionner en fonction de la distribution des lettres. Les sons assimilés, je crois bien, étaient couverts par quelques-unes des heures restantes. Masaki avait proposé d'utiliser ce codage rudimentaire au moment de la préparation du plan d'enlèvement qui allait être le dernier exercice du Cours de l'Eminence. Mais, finalement, la communication gestuelle avait amplement suffi à l'exécution de notre projet et nous n'y avions pas eu recours. Parvenu à ces éclaircissements, je me dis que cela ressemblait effectivement à Masaki et m'excitais tout seul dans le train. Je n'avais en effet plus qu'à examiner le film et noter toutes les heures affichées pour résoudre l'énigme.

Plusieurs types qui ressemblaient à des yakuzas du clan X traînaient dans les alentours du Ciné international de Shibuya. Un camion de trois tonnes couvert de boue était garé à proximité de l'entrée du parking et les petites frappes se chamaillaient avec le camionneur. Spectacle auquel j'étais désormais habitué. Revenu à la salle, je demandai tout de suite à Mme Sakata qui se trouvait à la réception si personne n'était venu me rendre visite. Elle était occupée avec des clients et se contenta de faire non de la tête. Rassuré, je retournai dans ma cabine. L'aller et retour m'avaient pris un peu moins de soixante minutes. Bien que le but de l'excursion eût été largement manqué, j'avais agi dans le temps que je m'étais imparti. Il ne me restait plus qu'à arrêter le projecteur juste avant que ne soit projeté le film et à le retirer pour remplir le programme de la journée. Comme je disposais d'une bonne demi-heure, j'allai aux toilettes. Là encore, je tombai sur trois hommes aux allures de yakuza en train de se parler à voix basse. Quel paisible dimanche ! En sortant des toilettes, je les vis dans la glace me fixer attentivement dans mon dos. Me soupçonnaient-ils ? Je me rappelai en avançant dans le couloir avoir par inadvertance exhibé mon tatouage de la main droite et pris brusquement conscience de la situation. J'avais commis une grave erreur. Je trouvai également bizarre que le nombre des clients qui attendaient la prochaine séance soit plus important que d'habitude. Un jeune couple me regardait à la dérobée en se susurrant je ne sais quoi et je pressentis que cette fois la situation risquait vraiment de mal tourner. J'avais en fait simplement oublié de fermer ma braguette. Quand j'ouvris la porte de la cabine, je me retrouvai nez à nez avec deux hommes : Muranaka et Araki.

Ils firent mine d'abord de se réjouir de retrouver un ancien camarade. “Ça fait une paye”, “Tu m'as l'air bien en forme”, disaient-ils en affichant un sourire de circonstance. J'en avais vraiment assez de ces préliminaires où chacun cherche à déceler le jeu de l'autre, aussi me contentai-je de leur demander d'annoncer au plus vite ce qu'ils voulaient. Ils feignirent alors un air embarrassé et persistèrent à jouer leur numéro en me reprochant ma froideur envers mes camarades venus exprès me rendre visite. Muranaka se rapprocha tandis que je me taisais et voulut me toucher l'épaule. Je chassai sa main et durcis le ton pour leur redemander d'en venir vite au fait. Ils continuèrent malgré cela à jouer les idiots. Combien de fois vous voulez me faire répéter la même chose ? m'écriai-je, en rage. Le visage d'Araki se contracta alors enfin un peu et une hostilité se fit sentir par intermittence dans l'expression devenue méfiante de Muranaka. Ce qui ne les empêcha pas de feindre la surprise et de me demander pourquoi je me mettais en colère. Si vous n'avez pas l'intention de négocier, me laissai-je aller à dire, impatienté, ça ne vous sert à rien de venir me voir ! Je me demandais comment ils allaient réagir, or ils promenaient leurs regards dans la cabine, sans me donner la réplique et comme s'ils avaient renoncé à me parler. Bref, ils prenaient des airs complètement désabusés. La conversation interrompue, seuls résonnaient le son du film en cours de projection et le ronronnement du projecteur. Un film d'action minable qui ne tenait que grâce aux échanges de coups de feu et aux scènes érotiques au cours desquelles étaient sempiternellement introduits des gros plans de mains qui se superposent. La situation changea quand Muranaka qui était tombé sur le curieux prospectus pour un salon de beauté jadis ramassé dans la centrale le prit dans ses mains d'un air intéressé. Il se mit à le lire avec un petit sourire : Un "équipement explosif", hein, fit-il remarquer sournoisement. C'était bien ce que je pensais, me dis-je alors, voilà ce qui les intéresse. Muranaka avait enfin abattu ses cartes. Ces types meurent d'envie de trouver la boule plastique bourrée de plutonium. Je glissai doucement une main dans mon fourre-tout et demandai à Muranaka : Tu es sûr de ce que tu viens de dire ? A quoi il rétorqua : De quoi ? Je les questionnai derechef : Vous êtes venus récupérer le précieux film, c'est ça ? Après s'être consultés mutuellement du regard, Muranaka et Araki se tournèrent ensemble vers moi pour faire oui de la tête.

Je remettais en ordre la série des événements relatifs au Cours et à ce film en y mêlant mes propres suppositions. Le film devait au début avoir été conservé par Mikami qui l'avait tourné. Masaki le lui avait confié secrètement, et il se l'était fait voler. Probablement au moment de la confusion générale provoquée par l'arrestation de ce dernier. Or Mikami n'avait dû s'en rendre compte que plusieurs mois plus tard. Il soupçonna naturellement les élèves qui avaient quitté le Cours, et se rendit seul à Tokyo pour le récupérer. Il s'en prit d'abord à Miyazaki et ses camarades. Ceux-ci travaillaient tous les quatre dans la même société de production et ils étaient faciles à trouver. Mais une complication avait dû entre-temps surgir et conduire au fameux "accident". Sans doute s'étaient-ils fait tuer par le clan X qui venait justement à cette époque d'identifier les auteurs de l'enlèvement. Et s'ils tombèrent aussi vite dans le piège qui leur avait été tendu, c'est bien parce que, en bons camarades, ils avaient continué à agir en groupe.

Voilà à peu près ce que j'exposai à Muranaka et Araki. Je m'étais dit qu'en apprenant que j'étais à ce point au parfum de la situation, ils ne se permettraient plus de persévérer dans leur maladroite mascarade. J'étais persuadé que, désormais, il n'y avait plus la moindre énigme, que tout était clair comme de l'eau de roche.

— Je vois... fit Muranaka après m'avoir écouté. Ça doit s'être passé sans doute comme tu le dis.

— Mais oui, certainement, enchaîna Araki qui écarquillait les yeux, admiratif.

Ils étaient tous les deux bien timorés. Je leur dis de ne pas se payer ma tête. Ils me fixaient sans rien dire avec des yeux de merlan frit. Quelques secondes passèrent et Muranaka, qui semblait avoir enfin trouvé quelque chose à dire, me demanda :

— Mais alors, qui est-ce qui a volé ce film ?

Piteux palliatif pour me prendre au piège. J'hésitai pourtant un peu quant à la réponse à donner. Je n'eus pas d'autre choix que de répliquer :

— Moi.

Ils opinèrent tous les deux du bonnet. Ils m'approuvaient ! De l'air le plus sérieux du monde. Ce qui voulait dire que ce devait donc bien être moi qui l'avais volé.

— Et il se trouve ici, ce film ? me demanda Araki.

— Non, je l'ai confié à quelqu'un, mentis-je sciemment.

Muranaka me regardait avec une expression sévère. C'est ce que je voulais. Je poursuivis :

— J'aimerais bien que vous m'expliquiez la valeur que représente ce film pour vous. J'en ai déjà une vague idée mais je préfère que les choses soient mises au clair. J'ai le droit de savoir.

Le comportement qu'ils adoptèrent trahit mon attente. Tous deux se croisèrent les bras et se turent un moment après avoir lâché un : C'est que c'est notre métier... Qu'est-ce qu'ils pouvaient être veules ! Dans ces conditions, à quoi rimait toute la tension de ces derniers jours ? J'étais sur le point d'exploser.

— Vous avez fini de me décevoir, oui ? De vous taire comme vous faites ? Il faut vous faire un dessin pour que vous puissiez répondre plus facilement ou quoi ? Non mais, vous n'êtes plus des gosses ! Alors, si vous avez compris, arrêtez de lambiner ! Dépêchez-vous de répondre ! A moins que vous ne vous imaginiez que je ne sais rien ? que vous pouvez encore me mener en bateau ? Ne vous foutez pas de moi ! Je suis au courant de tout. Je sais parfaitement que le pot aux roses de ce film, c'est l'endroit où est cachée la bombe atomique, et que ça n'a rien à voir avec la collection de Masaki.

Je m'apprêtais à poursuivre mon topo quand soudain le son du film qui venait de la salle s'interrompit. Le projecteur continuait de tourner normalement, et l'image d'être projetée sur l'écran. Seul le son était coupé. La lampe phonique avait-elle sauté ? Ce n'était pas ça. C'était le fameux film. On projetait sur l'écran du Ciné international de Shibuya "l'air heureux" de tous les élèves du Cours de l'Eminence hormis moi-même. Je fis venir Muranaka et Araki devant la lucarne et leur dis de bien regarder ce qu'ils voyaient et de penser sérieusement à la réponse qu'ils allaient donner à ma question. De mon côté, je commençai à noter les heures de chaque séquence en vue de résoudre l'énigme. Mais je ne pus le faire que pour trois plans : deux heures quarante-cinq, trois heures quinze et une heure cinq. La porte de la cabine s'ouvrit en effet entre-temps et je fus contraint d'interrompre ma vérification. Je gardais au début le regard rivé sur l'écran en me disant que je n'allais pas dans la situation où je me trouvais m'amuser à répondre aux plaintes des spectateurs, mais, comme Muranaka – ou peut-être était-ce Araki – me tirait énergiquement par le bras, je dus me retourner vers la porte. Je reconnus les trois yakuzas que j'avais croisés un moment plus tôt dans les toilettes. Ces types, décidément, savaient choisir leur moment. Voici ce que je leur dis :

— Je m'occupe de choses importantes là, leur lançai-je, et puis ce n'est pas un endroit où des zigs de votre espèce peuvent venir. Alors, si vous avez compris, tirez-vous et en vitesse !

Les trois hommes s'étaient mis aussitôt à glapir mais je ne compris absolument rien de ce qu'ils racontaient parce qu'ils vociféraient l'un après l'autre et que leurs voix se mélangeaient. De toute façon, ça ne devait pas être des propos bien importants. J'estimai inutile de vouloir dans cette cacophonie échanger des mots, et pris le parti de me taire jusqu'à ce que leurs rugissements s'apaisent. Encouragés par ma passivité, les trois commençaient à envoyer des coups de pied un peu partout puis à bousculer Muranaka et Araki qui restaient pétrifiés l'un à côté de l'autre. Curieusement, ceux-ci étaient terrorisés.

Je crus au début que c'était par stratagème mais il s'avéra qu'il n'en était rien. Ils tinrent des propos mensongers comme quoi ils n'étaient que des distributeurs venus dans ce cinéma récupérer un film, en disant qu'ils n'avaient nullement l'intention de prendre parti dans ces querelles, qu'ils les priaient de les épargner. Tous deux semblaient sincèrement avoir peur des yakuzas. Dire qu'ils ne trouvaient pas d'autre moyen de parer le danger, et qu'ils se faisaient tout petits devant ces gouapes… C'était vraiment trop lamentable de la part d'élèves du Cours. Je posai en vitesse le fourre-tout que je portais sur le dos et y plongeai la main. Pour sortir le Makaroff bien entendu ! Et les trouer de balles 9 millimètres, ces ordures ! Les trois petites frappes avaient enfin découvert le sac rempli de cocaïne que j'avais laissé à côté de la porte et s'étaient remis à glapir de plus belle. Quelle bande de jobards. Ils n'avaient pas remarqué mes derniers gestes. Sur l'écran de la salle, le film qui devait y être normalement projeté avait fait sa réapparition. Et, par conséquent, le son parvenait à nouveau dans la cabine. Par un heureux concours de circonstances, il s'agissait d'une séquence d'échange de coups de feu.

— Non, pas ça ! s'écria Araki en me voyant pointer le Makaroff sur les trois yakuzas.

Jusqu'à Muranaka qui, la bouche ouverte et hagard, reculait en secouant la tête. Ce n'étaient plus des élèves du Cours, ce n'étaient plus Muranaka ni Araki, mais de simples incapables. Grâce à eux, les yakuzas eurent le temps de sortir leurs armes. Deux d'entre eux, le revolver à la main, me menaçaient du regard en prononçant les formules d'usage dans ce genre de confrontation. J'étais tellement en colère contre eux que je songeai à commencer par abattre Muranaka et Araki et les visai. Mais je réalisai alors qu'ils pouvaient me servir d'écran et contins ma colère. Ils restaient en effet figés sur place et je n'avais qu'à me réfugier derrière eux pour me débarrasser aisément de l'ennemi. De la salle provenaient des échanges de coups de feu. Ce qui se passait sur l'écran allait bientôt se produire ici aussi. Pourtant la tension régnante devait soudain tomber. Un portable s'était mis à sonner. Un contretemps assez niais, annonciateur cependant du grand branle-bas qui allait suivre. Le yakuza qui répondit à l'appel, à peine eut-il échangé deux ou trois mots, s'affola brusquement et hurla dans le téléphone : Mais c'est trop tôt, imbécile ! C'est alors qu'arriva brusquement quelque chose de bizarre. Et que s'ensuivirent un certain nombre d'événements sous forme de réaction en chaîne. D'abord, un grand fracas retentit comme si quantité d'objets se brisaient simultanément et on entendit s'élever une série de cris en même temps qu'une légère secousse se faisait sentir. Par la même occasion, deux coups de feu éclatèrent et c'est ainsi que je fus touché à la cuisse gauche. Une balle qui avait rebondi. Je trébuchai. L'autre aussi avait ricoché quelque part et fait exploser la lampe au xénon du deuxième projecteur. Un éclat de lentille vint se planter dans l'œil droit de Muranaka qui poussa un cri perçant et se couvrit le visage des deux mains. Il tournait en rond en trépignant. Privé de lumière, l'écran se transforma en un mur gris sans profondeur et l'obscurité s'épaissit dans la salle. Tout le monde restait hagard, sans même que l'on sache qui avait tiré et l'agitation dehors devenait inquiétante. Après un bruit qui ressemblait à une détonation, la lumière s'éteignit à son tour. Une coupure de courant ? Un tremblement de terre ? Ce n'était pourtant pas une secousse bien méchante. Les trois frappes pour qui je ne semblais plus présenter le moindre intérêt se précipitèrent hors de la cabine. Muranaka et Araki, eux aussi, appuyés l'un à l'autre, se retirèrent sans souffler mot. Je rangeai le Makaroff dans le fourre-tout, serrai une serviette autour de ma cuisse et avançai vers la porte en me demandant ce qui pouvait se passer dehors. Pour sortir de la cabine. Bien m'en avait pris. Car c'est grâce à ce départ hâtif que j'eus la vie sauve. En effet, le Ciné international de Shibuya allait être aussitôt la proie du feu.

Dans le couloir, je vis des flammes s'élever du côté de la réception où tout était complètement démoli, et que plusieurs dizaines de spectateurs, sans pouvoir sortir, étaient en pleine panique. Le clan X – ce que je ne sus que plus tard – avait envoyé un camion de trois tonnes contre l'entrée du cinéma. J'attrapai Chan qui passait à côté de moi et lui demandai où était le régisseur. Il désigna l'entrée du doigt. Mais je ne voyais nulle part trace de Kawai. Je lui reposai la question et il précisa qu'il devait être sous le camion. Il n'y avait aucun espoir de le sauver. Kawai était mort. Je lui demandai où était alors Mme Sakata et il me répondit qu'elle était partie faire des courses. C'est pour cette raison qu'il était resté tant de clients à la réception. L'on suffoquait déjà sous la fumée qui se répandait, et l'on ne savait combien de minutes on allait encore pouvoir tenir. Chan, tout en m'expliquant la situation, ne cessait de répéter qu'il était encore novice dans ce travail et ne savait vraiment pas quoi faire. Je lui dis de poser à terre l'extincteur qu'il tenait dans les bras parce qu'il ne pouvait plus servir à rien et, après avoir vérifié où se trouvait l'issue de secours, lui suggérai de sortir avec les clients. Or, à cet endroit, quatre ou cinq hommes cognaient déjà la porte des pieds et des mains. Elle ne s'ouvrait pas. Pas croyable ! Je clopinai de ma jambe droite dans sa direction et m'approchai des hommes qui s'y acharnaient. Je fus brusquement empoigné par le col et bousculé : T'es du personnel, toi, alors fais vite quelque chose ! C'était la bande des trois de tout à l'heure. Des clients se joignirent à eux et je me retrouvai complètement cerné. Bruyamment, ils exigeaient de moi que j'agisse tout en m'empêchant de bouger. Il était impossible de pouvoir faire quoi que ce soit dans ces conditions. Quelle bande d'imbéciles ! On entendit une nouvelle détonation à ce moment-là et les clients qui se tenaient du côté des sièges vinrent se presser contre nous en fuyant les flammes qui avaient redoublé de violence. La situation était tragique. Pour commencer, nous nous retrouvâmes coincés comme des harengs dans le passage du côté de l'issue de secours. On m'écrasait en me serrant le cou et je me trouvais incapable de rester debout, ayant perdu toute sensation dans ma jambe gauche. Je ne pouvais le voir d'où j'étais mais j'entendais Chan m'appeler : Monsieur Onuma, monsieur Onuma ! Il était encore sauf, semblait-il. Quel gars malchanceux tout de même, me disais-je en écoutant ses appels, se retrouver dans une poisse pareille après deux jours de boulot ! Puis je sentis brusquement la pression s'accroître derrière moi. Nous nous écroulions comme un château de cartes. Je ne me rappelle pratiquement plus ce qui arriva ensuite. La porte de l'issue de secours aurait été ouverte de l'extérieur et nous aurions été secourus par les pompiers mais tout ce dont je me souviens, c'est de la chaleur infernale, de l'atroce suffocation et de la sensation de me faire violemment écraser. Il ne devait pas s'être écoulé plus d'une heure depuis mon retour au cinéma. Quelle journée.

*

Le Cinéma international de Shibuya fut ainsi réduit en cendres. Je me retrouvai donc au chômage. Mme Sakata elle aussi qui y avait travaillé pendant tant d'années. Quand, de retour des courses, elle avait vu les véhicules des pompiers autour du cinéma, elle s'était dit que ce qui devait arriver était arrivé. Il est vrai que pour tous les employés, cette issue était prévisible quand on songeait à toutes les péripéties qui l'avaient précédée. Ce fut aussi l'attitude de Kobayashi quand elle est venue me rendre visite à l'hôpital. Toutes les deux, quoique attristées par la mort de Kawai, se comportèrent devant moi de bout en bout avec beaucoup de jovialité et il y avait même une certaine force dans les propos qu'elles tenaient. Comme si elles cherchaient à me convaincre. Ces femmes avaient du chien. Elles forçaient mon admiration. Chan était sauf. Il devait se trouver quelque part dans le même hôpital. Je ne l'ai pas encore vu. D'autres que Kawai sont morts aussi. Il semblerait que Muranaka et Araki, bien qu'ils fussent sortis avant moi de la cabine, n'aient pas eu le temps de se sauver. Etait-ce parce que Muranaka avait l'œil blessé ? Il paraît qu'ils travaillaient vraiment dans une société de distribution. Sous de faux noms en plus. Je ne sais pas pourquoi. J'ai arraché ces renseignements à Kyoko qui dit en ignorer elle aussi la raison.

On dirait que Shibuya se trouve maintenant en état de guerre. Pas étonnant. Tachibana ne doit plus pouvoir ronger son frein. Mais peut-être qu'au fond, il n'est pas si mécontent puisqu'il avait le projet de construire un nouvel immeuble sur ce terrain. Ne serait-ce pas en vérité lui, et non le clan X, qui aurait commandité cette opération ? Ce n'est pas du tout impensable. Je voudrais pousser Kyoko à le vérifier mais elle n'est jamais coopérative pour ce genre de chose et je ne peux m'attendre à un grand résultat. Alors que je lui apporte mon concours dans son entreprise de séduction du toubib.

Le film aussi a brûlé. Je ne peux donc plus résoudre l'énigme. Ni connaître la planque du plutonium. Tout est fini. Sauf moi. Oui, j'ai en tout cas réussi à survivre malgré le caractère extrêmement critique de la situation dans laquelle je me trouvais ces derniers mois. Preuve que j'ai su contrôler mes désirs. Je ne suis plus un amateur. On va avoir besoin d'hommes de ma trempe à l'avenir. J'estime qu'il est temps de me rendre utile. Que mes capacités doivent être mises à profit. Pour la juste cause, bien entendu. Je sais parfaitement ce que j'ai à faire. Mais moi seul ne pourrai suffire. Il faudra former plusieurs autres types de mon envergure. Je compte passer à l'action dès ma sortie de l'hôpital.

3 septembre (samedi)

Je quitterai l'hôpital lundi prochain. Cela a beau être aussi un entraînement valable que de supporter l'ennui de ces journées, je n'arrive pas à me sentir à l'aise sous si peu de tension. Il y avait bien longtemps que je n'avais pas pris de congé de longue durée, mais si ce n'est que pour le passer à l'hôpital, c'est plutôt déprimant. Difficile également dans ces conditions de récolter des informations en y mettant du sien. Quoique j'aie déjà commencé de légers exercices de musculation, je vais avoir du mal à recouvrer ma forme antérieure si je ne me dépêche pas de reprendre pour de bon mes entraînements. Je n'ai plus de problème avec ma jambe gauche. J'ai la tête claire également. Tout est limpide. Tout va bien, corps et esprit.

Ayako se trouvait ici jusqu'à tout à l'heure. Elle vient tout juste de partir. Elle m'a apporté des glaces. Les vacances d'été sont finies. Elle portait donc son uniforme. Il y avait bien longtemps que je ne l'avais pas vue en écolière. Elle a parlé toute seule durant près d'une demiheure. Je l'écoutais en silence. Bien sûr, je n'ai pas oublié la remarque qu'elle m'avait faite. Je l'ai observée attentivement sans regarder une seule fois ailleurs. C'était ma façon de prendre plaisir à sa conversation. Il paraît que Mme Sakata a divorcé hier. La série noire continue pour elle aussi. J'ai demandé à Ayako mon horoscope et elle m'apprit qu'il était en nette amélioration. Je l'ai invitée à aller au karaoké dès ma sortie. Je lui ferai d'abord écouter les chansons de Julio.

15 septembre (jeudi)

J'ai reçu un coup de fil en début d'après-midi. Ça fait bien longtemps, me dit l'autre au bout du fil sans annoncer son nom. C'était Inoue. Il se trouvait en voiture près de chez moi et me demandait de sortir le rejoindre. J'étais évidemment surpris. A court de mots, je contemplai un moment mon reflet dans la glace. Il ne faisait pourtant pas de doute que la voix à l'autre bout du fil qui disait "allô" était bien celle d'Inoue. Je lui expliquai, pour commencer, que j'avais rendez-vous avec Ayako à quatre heures pour aller au karaoké et que je n'avais pas tellement de temps. Il me dit que ça ne faisait rien et de venir quand même. C'est vraiment toi, Inoue ? lui demandai-je. A quoi il répliqua : Mais oui, pourquoi, il y en a un faux ? Eh oui, moi, me disais-je à part moi. De quelle stupide illusion avais-je été la victime ! Je ne pouvais que désespérer de moi-même qui un peu plus allais me croire être Inoue. Mais, étant donné que je suis en parfaite forme physique et morale depuis mon hospitalisation, ce genre d'embrouillaminis devrait m'être épargné. Je décidai donc de le voir, pensant que je n'avais plus de raison de le craindre. Et aussi parce que je ne pouvais m'empêcher de vouloir vérifier un certain nombre de détails.

Sorti de chez moi, je vis qu'il était déjà stationné dans la rue devant mon immeuble, dans une Nissan Largo. Je m'assis sur le siège avant et lui demandai si elle était à lui. Il répondit qu'il l'avait louée et démarra. Je n'avais jamais entendu de sa bouche des mots de salutation comme celui qu'il avait prononcé au téléphone. Cela m'avait laissé fortement perplexe. Il était clair qu'Inoue, qui avait disparu depuis près d'un mois, ne m'avait pas appelé pour la simple raison qu'il se trouvait dans les parages. Seulement, il n'était pas du genre, à peine rencontré, à se mettre à babiller. Il ne m'adressa vraiment la parole que lorsque la voiture déboucha dans la rue Meiji.

— Et c'est où ?

— Quoi ça ?

— Ton rencard.

— Devant le 109*.

— Shibuya. Si tu t'en éloignais un peu, hein ?

— Oui, mais ce n'est pas bien différent ailleurs.

Je me sentais à l'aise. Avoir réussi à échapper seul à tous ces dangers me donnait une confiance en moi comme je n'en avais jamais eu. Je n'avais encore à ce moment-là aucune idée des informations qu'Inoue pouvait détenir au sujet de l'incendie du Ciné international de Shibuya. Peut-être était-il hors de lui à l'idée que le fameux film avait disparu. Mais ce qu'il pouvait avoir en tête ne me préoccupait guère. Je croyais même aujourd'hui, étant donné mon excellente forme, réussir facilement à lui faire dire ce qu'il avait tu jusqu'à présent.

— C'est près d'ici chez elle ?

— Oui, assez. Pourquoi ?

— On pourrait aller la chercher, si tu veux.

— Merci, mais ce n'est pas la peine. Elle doit être déjà sortie. Elle m'a dit qu'elle allait faire des courses avant de me voir.

— Ah bon. Dans ce cas, tiens-moi encore un peu compagnie. On fait un petit tour en voiture.

* L'un des grands magasins Tokyu à Shibuya (ce nombre peut se lire *tokyu*).

— D'accord. Au moins jusqu'à ce que je découvre tes véritables intentions.

Je comptais à partir de là passer à mon petit interrogatoire. Je lui avais annoncé la couleur parce que je supposais que lui-même s'attendait à ce que je lui tire les vers du nez. Or Inoue durcit son expression pour se taire à nouveau et arrêter la voiture au moment où l'on passait à proximité du sanctuaire Meiji. Le "tour" avait été vraiment bref.

— Quoi, c'est déjà fini ?

Inoue alluma une cigarette avant d'ouvrir sa portière puis sortit en gardant le silence. Je descendis à mon tour.

— Qu'est-ce qu'il y a ?

Il se contentait de fumer sans donner de réponse. J'eus alors un mauvais pressentiment. Inoue avait quelque chose d'inquiétant, d'autant qu'il gardait son regard détourné. Une atmosphère dans laquelle je pouvais même me laisser aller à penser qu'il avait l'intention de me tuer. L'endroit était certes un peu trop fréquenté pour ce genre d'opération, il n'en demeurait pas moins que j'avais intérêt à me tenir sur mes gardes. Or la conduite qu'il adopta après avoir fini de fumer sa cigarette fut des plus sobres.

— Tu ne t'en es pas encore aperçu ? fit-il après avoir jeté son mégot violet de Sobrani, en pointant doucement le doigt sur la banquette arrière de la voiture.

Il s'y trouvait une boîte apparemment d'acier et tout ce qu'il y a de plus solide. Un récipient idéal pour contenir, par exemple, une boule plastique bourrée de plutonium.

— Pas besoin de te faire un dessin, si ?

Inoue s'approcha lentement de moi.

— Une pastèque trop grosse pour être comestible, et sacrément meurtrière.

— C'est bien ça.

Il posa brusquement la main sur mon épaule et je ne pus m'empêcher de frémir. La sensation d'aise de tout à l'heure s'était envolée.

— Tu savais donc dès le départ la solution de l'énigme.

— Quelle énigme ?

— Du film, enfin. Du film ! Tu vas arrêter de faire l'imbécile, oui ?

Je voulus là-dessus m'écarter mais il m'agrippa l'épaule de sorte que je me retrouvai encore plus près de lui. Il me déclara en m'envoyant son souffle sur le visage :

— Mais il n'y a jamais eu d'énigme à ce film. C'est toi qui t'es mis ça en tête tout seul.

— C'est faux ! Ça n'est pas possible !

— Bon, et si je te l'explique comme ça ? J'ai pensé que tu ne viendrais pas me gêner si je te confiais ce film qui avait tout l'air d'un mystère. C'est bien d'ailleurs ce qui est arrivé. Tu n'as rien fait d'autre que d'essayer de résoudre l'énigme.

En somme, j'étais un singe à qui on avait jeté des cacahuètes. Voilà ce qu'il laissait entendre. J'étais un singe, d'accord. Je le reconnaissais. Il fallait d'abord vérifier les faits.

— Qu'est-ce que tu es, toi ? Qu'est-ce que tu as en tête ? Qu'est-ce que tu veux faire ?

— Tu as à ce point envie de connaître ce que tu appelles mes véritables intentions ?

— Evidemment ! Mets tout au clair maintenant !

— Eh bien, je vais t'en apprendre de belles. J'ai éliminé tous les élèves à part toi. Qu'est-ce que tu en dis ? Intéressant, non ? Il n'y a plus que toi et moi qui restons en vie. C'est aussi moi qui ai monté le coup de "l'accident" de Miyazaki et consorts.

— Qu'est-ce que ça veut dire à la fin, mais qu'est-ce que ça veut dire ?! Qu'est-ce que tu manigances ?

La respiration d'Inoue se faisait plus rude. Il était excité. Ce qui ne présageait rien de bon pour moi. Voici la seule question que je trouvai à lui poser :

— Il n'y a qu'une chose que je veux savoir. Et en plus, c'est tout ce qu'il y a de plus simple. Est-ce que tu mens ? Ou est-ce que ce que tu viens de dire est la vérité ?

Je sentais, tout en lui demandant cela, mes forces me quitter. Il ne faisait aucun doute – contrairement à celui à qui j'avais eu affaire jusqu'ici – que l'Inoue que j'avais en face de moi ne fabulait pas. Ses yeux injectés de sang fixaient fermement mon visage. Autrement dit, sa réponse était sans équivoque.

— Sae aussi ?

— Je n'ai pas fait d'exception.

— Pourquoi ?

— Des bisbilles au sujet du commerce. Et puis, il allait être gênant plus tard.

— Sae n'avait rien à voir là-dedans. Il était parti épouser une fermière !

— Mais enfin, qu'est-ce que tu crois ? C'était un drôle de sale type. Il a voulu me faire chanter. Alors, je lui ai fait avaler du phosphate organique.

— C'est absurde.

— Pas du tout.

— Pourquoi tu m'as trompé ? Me filer cette connerie de film. Tout avait été calculé, tu dis, mais qu'est-ce que c'est que ton plan ?!

— Oh, des plans, j'en ai de toutes sortes, mais je n'ai pas à tout te révéler ici. Il suffit que je te dise que j'ai bien l'intention de m'assurer un de ces jours que la pastèque est un vrai pétard.

J'étais à court de répliques et, ne supportant plus d'affronter son regard, détournai le mien vers la boîte posée sur la banquette arrière. Voilà le genre d'homme qu'était Inoue, je l'avais pourtant bien soupçonné une fois, mais je m'étais trop laissé envahir par l'énigme du film... Voici alors le propos qu'il m'adressa tandis que je restais muet :

— Toi aussi, tu t'y intéressais drôlement à ce machin. Tu le veux, dis ?

— Je te signale que je n'en ai jamais voulu.

— Tu en auras bien besoin un de ces jours, toi aussi.

— Comment tu l'as trouvé ?

— J'ai tiré les vers du nez de Muranaka. Quand je lui ai dit de me la filer parce que je voulais l'utiliser, il a eu la trouille et l'a planquée. Alors qu'on s'était donné tout ce mal pour la dégoter, il est venu me dire que non, finalement, on ne devait pas l'utiliser. Il n'a craché le morceau qu'à la dernière minute avant sa mort.

Le doute m'effleura alors que les deux qui étaient venus au Ciné international de Shibuya n'étaient pas Muranaka et Araki. Puisque Inoue prétendait avoir tué tous les élèves du Cours sauf moi, les deux types qui étaient morts brûlés n'étaient peut-être après tout que de simples représentants d'une société de distribution. Si c'était le cas, je me trouvais ce jour-là dans un sérieux état de confusion mentale. Ce qui n'est d'ailleurs pas étonnant, si l'on songe à la détérioration mentale qui m'avait conduit à me retrouver chez moi alors que je croyais m'être rendu dans le studio d'Inoue situé dans le même quartier, et à m'imaginer à cause de cette seule méprise être Inoue. Je devais certainement afficher une mine stupéfaite, pourtant Inoue souriait d'un air satisfait en me regardant. Il prétendait en vérité être resté en contact avec le groupe de Muranaka après être retourné à Tokyo, et affirmait les avoir tués à la suite d'un différend au sujet des affaires mais cela, je ne savais si c'était vrai. Il était clair en tout cas qu'il avait agi en vue de se procurer la boule plastique et tué en cours de route tous ceux qui étaient devenus gênants. Et, au bout du compte, moi seul étais resté. Je lui dis qu'il était fêlé.

— Pourquoi tu ne me tues pas ?

— Tu es inoffensif. Et, en plus, je t'aime bien. C'est pour ça que je me suis encore déplacé aujourd'hui pour venir te voir.

Inoue voulait peut-être me rassurer. Mais j'étais hors de moi. Il soutenait que j'étais inférieur à la bande de Miyazaki ? que j'étais un incapable auquel il suffisait, pour s'en débarrasser, de confier un film et de lui laisser le soin d'en résoudre l'énigme ! C'est de moi qu'il causait ?! Voilà les seules pensées qui m'assaillaient.

— Dis donc, Inoue, te fous pas de moi. Toi ou un autre, je suis toujours prêt à en découdre. Tu ferais mieux de ne pas trop t'y croire en disant n'importe quoi. Tu te laisses aller à raconter vraiment trop de conneries et ça ne te ressemble pas. Tu n'as rien à gagner à me mettre en pétard. Je te garantis, sinon, que tu rateras ton expérience avec la pastèque !

Inoue resta muet quelques secondes. Son expression était grave. Il ne cherchait ni à rire ni à durcir son visage. Mon attention, je ne sais à partir de quel moment, s'était portée sur ses lèvres. Elles étaient étrangement rouges, et épaisses. J'avais l'impression d'avoir été jadis aspiré par ces ventouses.

— Dis donc, tu sais qui est Kayama ? me demanda-t-il brusquement.

Je n'en croyais pas mes oreilles et lui renvoyai la question :

— Parce que, toi, tu le connais ?

— Bien sûr. C'est mon partenaire.

— Comment ?!

J'étais en pleine confusion. Ou mieux, je ne savais plus depuis quand je l'étais. Inoue m'expliqua que Kayama avait eu pour mission de me surveiller. Que le meurtre du yakuza puis sa disparition avaient été sciemment préparés. Mais comment était-ce possible ? L'histoire était trop bien ficelée. Kobayashi et Kawai disaient ne pas connaître de Kayama. Me faisais-je une fois de plus berner par Inoue ?

— Ça nous est facile de t'éliminer, n'importe quand. C'est pour ça qu'on te laisse tranquille. Fais-nous signe si tu veux te joindre à nous. Il y a du pain sur la planche.

L'embrouillamini continuait. J'allais retourner tout droit à mon état antérieur si je me laissais ainsi égarer par ses paroles. Il fallait absolument que j'exprime ici ma ferme détermination. Sans quoi il ne me restait plus qu'à m'empêtrer dans la confusion.

— Je ne me joindrai jamais à vous. J'ai l'intention d'agir seul. Faites ce qui vous chante, je m'en fous. Mais si vous me cherchez des noises, je contre-attaquerai. Je ne me soumettrai jamais à vous. Inutile de vouloir me menacer, ou quoi que ce soit. Je ne compte faire que ce que j'estime être juste, moi.

— Bien, se contenta de dire Inoue et il se plongea à nouveau dans un long silence.

Il me déposa au lieu de rendez-vous sans une minute de retard, sur la place devant le grand magasin 109.

— Tu crois vraiment avoir le temps en ce moment de t'amuser avec une fille ? fut son dernier mot avant de me quitter.

— Ça te regarde ? rétorquai-je mais je crois qu'il ne m'entendit pas.

Je n'aurais jamais pu me délivrer de son ensorcellement si j'étais tombé ici dans son piège. J'estimais néanmoins avec optimisme qu'en rencontrant Ayako, j'allais aussitôt me changer les idées. Or, je ne la vis nulle part. Elle n'apparut toujours pas au bout d'une demi-heure. Je me dis que, comme on était jour férié, les courses l'avaient retardée, mais, gagné une fois de plus par un mauvais pressentiment, je ne me sentais pas tranquille. Je l'appelai sur son portable. Elle me dit qu'elle se trouvait dans un café du côté de la rue d'Espagne. Apparemment, elle s'était trompée d'heure.

Quand je fus entré dans le café, elle me regarda de sa place au bord de la vitre et se fit toute petite. Elle faisait aussi pardon des lèvres en esquissant un sourire. Rien qu'à la voir ainsi, je me sentis d'une humeur toute différente de celle de tout à l'heure. J'étais en tout cas rassuré par cette tournure conforme à mes espérances.

— Qu'est-ce que tu as acheté ? l'interrogeai-je en voyant un sac en papier posé sur le siège libre.

— Je ne te le dirai pas.

— Des chaussures ?

— Un secret„ je te dis.

Ayako détourna les yeux. Elle contemplait le sac en prenant de temps en temps un air embêté.

Comme je lui demandais ce qu'elle avait, elle poussa un soupir découragé.

— Non, je n'y arriverai pas. Je ne sais pas garder un secret.

— Qu'est-ce que tu veux dire ?

— De la part de maman et de moi, et là-dessus elle me tendit le sac.

C'était un cadeau pour fêter à la fois ma sortie d'hôpital et mon anniversaire. Lequel n'était encore que dans quelques jours et elle bisquait de n'avoir su se retenir alors qu'elle s'était promis de ne rien dire jusqu'à cette date. J'étais bien sûr terriblement touché. Il y avait vraiment longtemps que je n'avais pas été aussi ému. Je n'écrirai pas ici ce qu'était ce cadeau. Quelque chose en tout cas de très précieux pour moi.

Après, nous avons continué à bavarder en oubliant même d'aller au karaoké. Quoique nous évoquions des sujets assez graves comme les difficultés de Mme Sakata à trouver un nouvel emploi ou ce que moi-même je comptais faire à l'avenir, nous parlions sur le ton de la plaisanterie. Et là aussi, bien entendu, comme promis, je ne regardais qu'Ayako. J'observais systématiquement ses mimiques. Mais, je ne sais pourquoi, aujourd'hui, c'était elle qui ne cessait de porter son regard ailleurs. Cela devenait si fréquent que, sans détacher les yeux de son joli minois, je le lui fis remarquer.

— Tu n'arrêtes pas de regarder à côté depuis tout à l'heure. C'est contraire à notre promesse.

Elle continua malgré mon reproche à garder le visage de biais mais elle m'en donna une explication convaincante.

— Parce que, toi, ça ne t'intrigue pas ? Les gens, à la table là-bas, n'arrêtent pas de nous observer depuis tout à l'heure.

Je me tournai en direction de la table dont parlait Ayako. Des lycéens aux cheveux longs dont j'avais souvenir lançaient vers nous des regards menaçants. Il semble bien que, comme le disait Inoue, je n'aie plus le temps de m'amuser. Je vais avoir besoin de médicaments pour l'estomac, me dis-je.

Appréciation

Très acceptable dans l'ensemble. Bien construit, malgré l'habituelle déficience dans la description des sensations physiques, des jugements un peu trop à l'emporte-pièce et un certain nombre de contradictions. Peut être considéré comme un heureux résultat de l'entraînement. Tu devrais pouvoir t'approcher d'un état plus satisfaisant encore si tu parvenais à mettre en marche simultanément, en les contrôlant à bon escient, un nombre plus important de consciences, mais tu ne sembles pas tellement le souhaiter. Auquel cas, c'est une attitude dangereuse.

Tu médites au sujet des paroles de *Mes trente-trois ans* que Julio Iglesias a sorti en 1977 et en conclus qu'il est question dans cette chanson de se tenir dans un "entre-deux". Comment la situation décrite par *Mes trente-trois ans* a-t-elle alors évolué dans les œuvres qui suivent ? Voilà plutôt à quoi je m'intéresse. Je vais ici exposer mes idées à ce sujet. Prenons par exemple les premières paroles de la chanson intitulée *Quijote* qui date de 1982 :

"Je suis celui qui rêve de liberté, Le capitaine d'un voilier sans mer, Qui vis à la recherche d'un lieu, Le Quichotte d'un temps sans âge, J'aime les gens authentiques, Bohémiens, Poètes, Sans-logis, Je suis tous ces gens."

Il est clair, puisqu'il est dit que "je suis le Quichotte d'un temps sans âge", que Julio a su se sortir de la situation décrite dans *Mes trente-trois ans* pour se confronter à une autre problématique. Il s'est en tout cas débarrassé de la double oppression exercée par le "temps d'hier" et par l'instant où l'on "découvre sur sa peau les premières rides". Mais il doit, du coup, faire face à une autre question. Voici la nouvelle situation, surgie avec *Quijote* :

"Je suis heureux avec du vin et un quignon de pain, Et aussi avec du caviar et du champagne, Je suis le vagabond qui ne sait vivre en paix, Je me satisfais du néant, Et aussi de tout, Ou de plus, Le temps qui s'évade me fait peur, Les bavards, Les gens qui laissent échapper un mot de trop me font peur, Je viens de bien plus loin."

Bien que "je" me satisfasse du "néant" comme de "tout", "le temps qui s'évade me fait peur". Au "Quichotte d'un temps sans âge". Pourquoi ? La question est celle de la reconnaissance de la réalité. "Le temps qui s'évade" se réfère à l'instant où se condensent plusieurs informations importantes. Autrement dit, "j'ai peur" qu'elles ne m'échappent. C'est pourquoi "les bavards" qui, d'une traite, émettent une quantité effroyable d'informations ou "les gens qui laissent échapper un mot de trop me font peur". L'état "sans âge" renvoie à l'absence de restrictions, et ce "je" qui dit venir "de bien plus loin" – tout en se situant à présent en un endroit qui n'est même plus "l'entre-deux" qui séparait jeunesse et vieillesse, mais un nulle part pour ainsi dire – "vit à la recherche d'un lieu". Si cela se passait à l'époque où il se tenait dans "l'entre-deux", il ne lui aurait sans doute pas été aussi difficile de discerner les informations comprises dans le "temps". Car, grâce à la double oppression, sa position se trouvait alors paradoxalement clarifiée et il devait être en mesure de saisir clairement les données du problème ainsi que les différences entre les informations. Par contre, le "je" de *Quijote*, qui se trouve en un lieu qui n'est nulle part, ne sait plus désormais de quoi il est entouré et risque à tout moment de laisser échapper une information de grande valeur. Et il lui faut, dans ces conditions, découvrir "un lieu". Julio Iglesias souligne combien il est difficile de récolter les informations. Il s'agit d'une situation éminemment actuelle. Car chacun de nous aujourd'hui se tient en un lieu qui n'est nulle part, noyé dans un maelström d'informations. Beaucoup n'en sont sans doute même pas conscients. C'est aussi là le sens de notre action. La confusion continue mais il ne faut absolument pas perdre de vue le juste chemin que représente ce "lieu" que l'on recherche.

Oui, tu t'en es peut-être aperçu, cette chanson est aussi la mienne. "Bohémiens, Poètes, Sans-logis, Je suis tout cela", dit Julio. C'est aussi mon cas. Et toi ? Je crois qu'il est temps pour toi aussi de pouvoir dire que "je suis tout cela", qu'en dis-tu ?

M.

Impression réalisée sur Presse Offset par

BRODARD & TAUPIN

GROUPE CPI

La Flèche (Sarthe), 31776
N° d'édition : 3765
Dépôt légal : octobre 2005

Imprimé en France